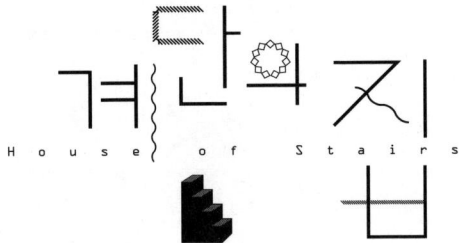

House of Stairs

계단의 집

House of Stairs

최세진 옮김

윌리엄 슬레이터 장편소설

창비

여기에 살아온
쥐와 비둘기 들에게
바친다.*

차
례

1부

1

꽤 오랫동안 윙 하는 소리가 들려왔다. 그 소리는 승강기에 탔을 때 들리는 소리와 비슷했지만, 너무 부드럽게 움직이고 있어서 올라가는지 내려가는지 아니면 옆으로 가고 있는지 알 수 없었다. 그는 지금까지 몇 번이나 그랬던 것처럼 자기도 모르는 사이에 손을 들어서 눈가리개를 밀어내려 했지만, 또다시 손목에 묶인 줄 때문에 그만두고 말았다. 하지만 그는 줄을 풀려고 발버둥치지 않았다. 피터는 절대로 저항하는 법이 없었다.

어느 정도 시간이 지나니 윙 하는 소리가 멈췄다. 손목에 묶인 줄이 풀리고, 무언가 그를 앞으로 부드럽게 밀어냈다. 그는 서둘러 능숙하게 눈가리개를 풀었다. 뒤에 있던 문이 스르륵 미끄러지듯

닫히더니 윙 소리를 내며 사라져버리고, 그는 혼자가 되었다.

하얗게 빛나는 불빛 때문에 잠시 앞을 볼 수 없어서 눈을 재빨리 감아버렸다. 처음으로 자신이 어디에 있는지 뚜렷하게 볼 수 있게 되자 다시 빠르게 눈을 감았고, 갑자기 현기증이 일었다. 세 번째 눈을 뜰 때는 아주 조심스러웠다.

피터의 눈앞에는 온통 계단뿐이었다. 그곳에서 평평한 장소라고는 그가 서 있는 높고 좁다란 계단참밖에 없는 것 같았고, 위아래로 계단들이 점점 멀어져가고 있었다. 난간도 없는 급경사 계단은 위로 올라갔다가 아래로 내려가고, 갈라지거나 때로는 빙빙 돌기도 했는데, 나란히 올라가던 계단들도 위에 가서는 다시 갈라져 위아래로 엇갈렸으며, 그 사이의 깊은 심연을 가느다란 다리가 드문드문 가로지를 뿐이었다. 계단과 다리를 받치는 것은 아무것도 없었다. 하얗게 빛나는 다리는 엄청나게 먼 거리를 아치형으로 이어줄 수 있을 정도로 튼튼해 보였다. 바깥으로 나가는 문은 없고, 인공조명에서 나오는 간접 불빛이 온 사방에 빛을 뿌리고 있었다. 하지만 벽도, 바닥도, 천장도 보이지 않았다. 계단뿐이었다.

무시무시했다. 사방을 둘러싼 광대한 공간과 위태롭게 서 있는 자신의 위치 때문에, 피터는 눈앞이 흐려지고 머리에서 피가 순식간에 빠져나가는 것 같았다. 정신없이 복잡하게 얽히고 끝도 없이 뻗어나가며 그를 둘러싼 계단들을 보고 있자니, 어지러워 비틀거리며 뒷걸음질을 치다가 —

그는 몸을 휙 돌려서 뒤편의 하얗게 빛나는 허공 속으로 추락하기 직전에 멈춰 섰다. 뒤쪽으로는 빈 공간과 더 많은 계단 말고는 아무것도 없었다. 그러나 거기에는 승강기와 승강기가 설치된 벽이 있어야 했다! 하지만 아무것도 없었다. 체인에 연결되어 전기로 움직이는 상자 같은 게 반드시 있어야 하는데. 피터는 몹시 충격을 받고 위로 올라가는 계단이 시작되는 지점에 무릎을 꿇으며 무너져 내렸다. 그는 팔로 온몸을 끌어안고 머리를 가슴에 파묻은 채 눈을 감고 최대한 움직이지도 생각하지도 않으려 애썼다.

왜 그들은 피터를 여기에 데려다 놓았을까? 틀림없이 징벌 같은 것일 테지만, 그가 도대체 무슨 잘못을 한 걸까? 피터는 지난주를 곰곰이 되새겨보다가 최근 그들이 좀 이상했다는 사실을 이제야 깨닫기 시작했다. 마치 그가 아프기라도 한 것처럼 그들의 주저하던 눈빛과 어제 점심시간에 파이를 한 조각 더 주며 신경 써주던, 조금은 과장된 행동들이 떠올랐다. 그런 일들이 일어나는 동안에는 전혀 특별한 느낌이 없었지만, 이제 한데 모아놓고 생각해보니 하나의 패턴이 떠올랐다. 하지만 그러한 패턴은 벌을 받으러 갈 때라기보다 위험한 수술을 받으러 갈 때의 모습에 더 가까웠다.

하지만 그것도 말이 안 된다. 여긴 병원이 아니라 벌을 받는 곳이다. 소름 끼치게 무서운 곳이다. 피터는 눈을 꼭 감았지만 지금 있는 곳의 느낌은 사라지지 않았다. 피터는 자신이 서 있는 이 횃대가 얼마나 좁고 불안정한지 떠오르자 온몸에 소름이 돋았다. 그는 머리를 절레절레 흔들기 시작했다. '안 돼!' 피터는 자신에게 애써 말했다. '다른 걸 생각해. 침대에서 이불을 뒤집어쓴 모습을 상상하는 거야.' 하지만 그가 다른 생각을 떠올리기도 전에 더 끔찍한 생각이 들었다. '여기에 얼마나 오래 있게 될까?' 자기도 모르게 신음을 내뱉었다. '몇 분이나 몇 시간일 수도 있겠지만, 어쩌면 며칠, 아니면 영원히 있어야 할지도 몰라.'

그는 견딜 수가 없었다. 이곳에서 한 시간만 있어도 미쳐버릴 것이다. 하지만 어쩌면…… 어쩌면 밖으로 나가는 길이 있을지도 모른다. 탈출할 수 있을지도 모른다.

피터는 서서히 눈을 떴다. 앉은 채로 무척 조심스럽게 고개를 돌려 뒤의 계단을 쳐다보았다. 밖으로 나가는 길을 찾으려면 그곳부터 시작하는 게 나을 것이다. 하지만 계단들은 너무 좁고 가파르고 높은 데다, 난간도 없이 하얀 불빛 속으로 사라져갔다. 아니, 그는 계단을 올라갈 수 없었다. 내려갈 수도 없었다. 다시 어지러워지거나 미끄러지거나 발을 잘못 딛기라도 한다면 어떻게 될까? 아냐, 여기 가만히 앉아서 기다리는 게 더 안전할 거야. 무슨 일이라도 일어나겠지. 아마 그들의 실수였을 거야. 누군가 돌아와서 그를 데리고 나갈 것이다. 피터는 다시 눈을 감고, 계단에 몸을 기댔다.

2

피터는 처음에 지냈던 고아원, 그가 무척 좋아했던 그 오래된 고아원의 복도를 걷고 있었다. 그의 방. 그와 재스퍼의 방. 창가 의자와 침대 두 채. 재스퍼가 책상에서 고개를 들더니 그를 만나 기쁜 듯 미소를 지었다. 재스퍼가 무슨 말을 했다. 뭔가 아주 중요한 말이었다. 가장 중요한 이야기, 비밀스러운 이야기였다. 하지만 버스가, 버스 소리가 너무 커서, 재스퍼의 목소리가 들리지 않았다. "재스퍼, 좀 더 크게, 더 크게 말해줘!" 하지만 재스퍼는 미소를 지으며 계속 이야기할 뿐이었다. 재스퍼는 그의 말을 듣지 못했다. 수백만 개의 목소리들, 그리고 수간호사와 의사가 거기에 있었고, 고아원 원장과 사회복지사, 양부모가 있었으며, 재스퍼는 구석에 떨어져 있어서 더 이상 그를 볼수도, 그의 목소리를 들을 수도 없었다. 재스퍼가 하려던 말은 무엇이었을까? 무슨 이야기였을까?

오한이 온몸을 훑고 지나갔다. 피터가 몸을 들썩거리더니 팔 사이에 묻고 있던 땀에 젖은 이마를 들었다. 그제야 그는 자신이 어디 있는지와, 방금 전까지는 꿈이었다는 사실을 깨달았다. 꿈은 처음에만 아름답고 마지막에는 끔찍했지만, 다시 그 꿈을 꾸고 싶었다. 다시 깨어나지 않을 수만 있다면!

그때 저 아래에서 뭔가 움직임이 느껴졌다. 검은 머리의 사람이 계단을 올라오는 모습이 아주 조그맣게 보였다. 심장이 격렬하게 뛰기 시작했다. 소리를 질렀지만, 목이 잠긴 쉰 소리가 나와 얼굴이 붉어졌다. 피터는 아주 천천히 조심스럽게 계단에 손을 짚고 일어섰다. 아래쪽에 있는 사람이 계단을 하나씩 오를 때마다, 광막한 고요함 속에 퍼지는 발소리가 들려왔다. 저 사람은 이곳에 익숙한 게 분명했다. 좌우를 차분히 살피며 걷는 걸음걸이에 전혀 주저하거나 걱정하는 기색이 없었다. 그를 데리러 온 사람이 틀림없었다. 피터는 혼잣말을 했다. '저 사람한테 소리를 질러야 돼. 저 사람이 나를 못 찾아서, 이곳에 남겨두고 그냥 가버리면 어떻게 해?'

이런 생각을 하자 목소리가 커졌다.

"이봐요!"

피터는 더듬더듬 말을 꺼낸 후, 조금 더 큰 소리로 말했다.

"이봐요!"

고함 소리만큼 크지는 않았지만, 아래에서 올라오고 있는 사람을 세우기에는 충분했다. 그 사람이 주위를 둘러봤다. 피터는 발을 구르며 말했다.

"여기, 위요! 위쪽이에요!"

아래에 있는 사람이 그를 쳐다보자, 검었던 머리가 갑자기 하얗게 변했다. 머리카락은 짧았지만, 날카로운 얼굴은 마르고 가냘파 보여 남자인지 여자인지 분간할 수 없었다. 하지만 목소리를 들으니 조금 거칠긴 해도 확실히 여자였다.

"아하!"

소녀가 소리쳤다. 그녀의 목소리는 그 거리에서도 또렷하게 들렸다.

"여긴 뭐하는 데야?"

"뭐, 뭐라고?"

피터는 소녀가 아니라 자기에게 혼잣말을 하듯 웅얼거렸다. 소녀 역시 피터나 마찬가지로 여기가 어떤 곳인지 몰랐던 것이다. 실망감에 온몸의 힘이 쭉 빠져나갔다.

"너도 여기가 어딘지 모르는 거니?"

피터가 말했다.

"크게 말해! 안 들려!"

소녀가 소리치고는 손바닥을 귀에 댔다.

"너도 여기가 어딘지 모르냐고!"

피터가 주먹을 꽉 쥐고 소리를 질렀다. 눈물 때문에 목이 갑자기

메었다.

"여기가 어딘지 몰라?"

"응, 나도 몰라!"

소녀는 되받아 소리치더니 허리에 손을 짚고 말을 이었다.

"그래도 빨리 알아낼 거야!"

소녀는 계단을 달려 올라오기 시작했다.

그녀가 뛰어 올라오는 동안, 피터는 설령 소녀가 자신을 데리고 나가지 못할지라도 여기에 혼자 있는 것보다는 함께 있는 게 나을 거라고 생각했다. 소녀가 조금 무섭긴 했지만 말이다. 좀 더 상냥해 보이는 사람이라면 좋았을 텐데. 소녀가 계단참에 도착하자, 피터는 똑바로 보는 게 부끄러워 옆을 쳐다봤다.

소녀는 피터보다 약간 작았는데, 계단참이 매우 좁았기 때문에 그에게 아주 가까이 다가섰다. 그는 몸을 돌려 그녀를 보았다. 갈색 얼굴의 소녀가 검은 눈동자로 그를 뚫어질 듯 똑바로 쳐다봤지만, 위협적이지는 않았다. 그는 재빨리 눈을 돌렸다.

"그럼 너도 우리가 도대체 어디에 있는 건지 모른다는 거야?"

소녀가 말했다.

피터는 고개를 끄덕였다. 그녀의 거친 말투 때문에 약간 떨렸다.

"몰라……. 음, 누군가가…… 여기에 날 데려다 놨어. 눈을 가린 채 여기에 두고 갔어. 난 아무것도 몰라."

"나도 마찬가지야. 그 사람들이 눈가리개를 씌워서 꼼짝 못하게 했어. 나를 어떻게 할 거라는 건 알았지만, 이런 곳에 데려다 놓으리라곤 상상도 못 했어. 어쨌든, 넌 누가 여기에 데리고 온 거야? 너희 집에서 너를 여기에 데리고 온 사람이 있다면, 그 사람들을 알지 않겠냐고."

"그렇긴 하지만, 난, 난 집이 없어. 부모님도 안 계시고, 고아원에서 살았어."

"나도 그래."

"너도?"

소녀가 고개를 끄덕였다.

피터가 고개를 숙여 자기 발을 내려다보면서 말을 이었다.

"오늘 그 사람들이 나를 사무실로 불렀어. 눈가리개를 씌우고 거기에 있던 사람을 따라가라고 했어. 그리고 내 손을 묶었—"

"좀 크게 말하면 안 돼? 이렇게 옆에 붙어 있는데도 잘 못 알아듣겠어."

피터는 최대한 목소리를 높였다.

"그리고 차에 태워 여기로 데리고 와서, 눈가리개를 벗겼어. 그게 다야."

"응. 나랑 똑같네. 난 그놈들이 뭘 하려는 건지 알았다는 걸 빼면 말이야. 내가 사소한 장난을 좀 쳤더니, 지난 몇 달간 그놈들이 나한테 소년원에 보내겠다고 계속 겁을 줬거든."

소녀는 이야기를 멈추고 혼자 킥킥대더니 다시 말을 이었다.

"그 뒤로 이렇게 될 줄 알았지. 결국 그 사람들이 일을 벌인 거야. 야, 그런데 너! 나 좀 쳐다봐. 안 잡아먹어!"

피터는 고개를 들어 머뭇거리며 소녀의 얼굴을 보았다.

"넌 나처럼 사고를 쳐서 쫓겨 다닐 애는 아닌 것 같은데."

"응. 난 그 사람들이 싫어하는 일은 한 번도 해본 적이 없어. 그래서 나한테 왜…… 도대체 왜 이러는지 전혀 모르겠어."

"그래. 나도 잘 이해가 안 된다. 네가 여기 있다는 건 이게 벌이 아니란 뜻이잖아. 아무튼 너도 고아란 거지. 그건 좀 흥미가 당기네. 뭔가 특별한 의미가……."

"음."

피터는 여자애와 너무 가까이 붙어 있는 게 어색해서 조심스럽게 한 발짝 물러섰다. 그러고는 계단 두 번째 칸에 앉아, 자신이 정확히 가운데 앉았는지 확인하려고 양쪽을 살펴봤다.

"하지만 문제는 우리가 여기서 어떻게 나가느냐 하는 거야. 무슨 좋은 생각 없어?"

소녀가 말했다. 피터는 고개를 저었다.

"흠. 자, 그럼 생각해보자."

청바지와 몸에 달라붙는 티셔츠를 입은 소녀는 다리를 벌리고 서서 빈약한 가슴 위로 팔짱을 끼었다. 소녀는 바지 주머니에서 담뱃갑을 꺼내 피터에게 권했다. 피터는 고개를 저었다. 흡연은 심각한 규칙 위반이었다. 하지만 소녀가 입으로 담뱃갑에서 담배를 물어서 꺼내고, 그 끝에 한 손으로 성냥불을 그어 불을 붙인 후 성냥을 튕겨 공중으로 날리는 모습은 그지없이 편안해 보였다.

"자, 생각을 해보자."

소녀가 담배 연기를 내뿜으며 계속 말했다.

"내가 잘 모르겠는 건, 우리가 있는 여기가 지하인지 지상인지, 아님 도대체 어딘지 하는 거야. 내 말은, 여기가 지상이라면 나가는 길이 아래쪽에 있을 테고, 지하라면 위에 있지 않겠냐는 거지. 그 사람들이 널 언제 여기로 데리고 왔는지 혹시 알아?"

"아니."

"나도 모르겠어. 그것도 그놈들 계획이었을 거야. 쥐새끼들 같으니. 우리가 어디에 있는지 모르게 하려는 거야."

"네가……."

피터가 주저주저하면서 말을 이었다.

"네가…… 했다는 장난은 어떤 거였어?"

"어? 아, 그거!"

소녀가 음흉한 미소를 짓자, 눈가에 주름이 지면서 심각하던 표정이 조금 풀렸다.

"내가 살던 집에 돼지 같은 사감이 있었는데, 그 여자는 내가 배짱이 두둑하다고 엄청 싫어했어. 제기랄, 온갖 잡다한 일을 다 나한테 시켰다니까! 게다가 잔소리는 또 어떻고. '아가씨는 이런 짓 하면 안 돼. 아가씨는 그런 짓 하는 거 아냐.' 지긋지긋해서 미쳐버리는 줄 알았어. 그래서 하루는……."

소녀가 킥킥대며 웃더니 말을 이었다.

"과학실에 몰래 들어가서 —기어가면 감시 카메라 피하는 건
쉬워. 알지?—과학실 우리 안에 뱀이 있거든. 사람들이 엄청 무서
워하는 흑사(黑蛇) 말이야. 그래서 우리를 부수고, 뱀을 꺼냈—"

"네가 그걸 꺼냈다고?"

"물론이지. 왜 아니겠어? 그 뱀을 복도로 가지고 나갔어. 감시 카
메라를 피하려니까 뱀을 윗옷 안에 감출 수밖에 없더라고. 그리고
사감 방에 들어갔지. 쉽지는 않았어. 창틀로 기어 올라가서 창문으
로 들어가야 했는데, 뱀이 옷 속에서 내 몸을 둘둘 감고 꿈틀꿈틀
돌아다니지 뭐야. 뱀을 사감의 침대에 집어넣은 다음에 꽁지가 빠
져라 달려 나왔지. 물론 그런다고 달라지는 건 아무것도 없어. 당
연한 거지만, 내가 한 짓이라는 걸 눈치챌 테니까."

"그래서 어떻게 됐어?"

"뭐, 나야 건물 구석에 가서 시간을 보내고 싶었지만, 침대를 점
검할 게 뻔하잖아. 안 그래도 난 의심을 받게 되어 있었고. 어쨌든
마찬가진 게, 사감이 소리를 질러댔거든. 전체 기숙사가 쩌렁쩌렁
울리도록 말이야. 애들이 자리에서 일어나서 종알거렸어. '무슨
일이지? 무슨 일이 일어난 거야?'"

소녀는 겁먹은 여자애들의 목소리를 흉내 냈다.

"난 입을 딱 다물고, 모른 척했어."

소녀는 담배를 깊이 쭉 빨고 나서 구석으로 툭 던졌다.

"다음 날 아침에 그놈들이 날 사감실로 끌고 갔어. 사감은 나한 테 소리도 안 지르고, 신경질적으로 조용히 노려보기만 했어. 그건 좀 무섭더라. 그래도 그 늙은 돼지가 그렇게 비명 지르는 걸 들은 것만으로도 충분했어. 여하튼 그게 이틀 전인데, 오늘 나한테 눈가 리개를 씌우더니 여기에 데려다 놓은 거야. 나는 그 일 때문인 줄 알았는데, 이젠 나도 모르겠어."

"음."

"넌 별로 말이 없구나. 이름이 뭐니? 난 롤라야."

"난 피터."

"몇 살이야? 난 열여섯 살."

"나도 열여섯 살이야."

"음, 재밌네. 우리 둘 다 고아원에서 왔고 열여섯 살이라니."

소녀는 비꼬는 투로 말했다.

"난 재밌든 말든 관심 없어. 여기서 나가고 싶을 뿐이야. 난 여기 가 싫어!"

피터가 혼잣말을 했다.

"꼬맹아, 그렇게 싫다면 왜 아무것도 안 하고 있는 건데?"

"잘 모르겠어……."

잠깐 비쳤던 격렬한 감정이 사라지고, 피터의 목소리가 차츰 잦 아들더니 평소처럼 들릴 듯 말 듯 중얼거리는 목소리로 돌아왔다.

"도대체 뭘 할 수 있겠어? 그냥……."

피터가 한숨을 쉬더니 말을 이었다.

"그냥 사람들이 다시 데리러 올 때까지 기다리자."

"데리러 올 거라고 누가 그래, 어? 난 여기 이…… 이……."

롤라가 주변을 가리켰다.

"이곳에서 관리자들이 우리가 여기 있다는 걸 기억해낼 때까지 마냥 기다리지는 않을 거야. 난 나가는 길을 찾으러 갈래. 너도 굶어 죽을 때까지 여기 있을 게 아니라면, 날 따라오는 게 좋을 거야. 그 사람들이 뭘 하려는 건지는 모르겠지만, 난 그 사람들 눈곱만큼도 안 믿어. 자, 가자!"

"그래도……."

피터는 계단을 무서워했던 자신과 달리 당당하게 성큼성큼 올라오던 롤라의 모습을 떠올렸다. 롤라가 옳을 것이다. 롤라를 따라가는 수밖에 없었다. 피터는 어정쩡하게 일어서서 아래를 보지 않으려 했다.

"자, 올라갈까? 내려갈까? 좋은 생각 있니?"

롤라가 잠시 기다리더니 말을 계속했다.

"좋아. 아래로 내려가자. 지하치고는 너무 넓잖아."

롤라는 빠르게 아래로 내려가기 시작했다

피터는 아주 느리게 롤라를 따라 내려갔다. 무서웠다. 계단을 한 칸씩 내려갈 때마다 허공으로 떨어지는 자신의 모습이 눈앞에 그려졌다. 한 발을 내려딛고, 그 칸에 다른 발을 내려딛어서 두 발을 모은 후 다음 칸으로 조심스럽게 내려갔다. 롤라는 금세 저 아래로 멀어졌다.

롤라가 좁다란 계단참에서 피터를 기다리며 서 있었다.

"좀 빨리 올 수 없어?"

피터가 다가오자 롤라가 말했다.

"이런 속도로는 아무 데도 못 갈 거야."

"그래도 난……."

피터가 말을 하려 했지만, 소용없는 짓이었다. 겁이라곤 없는 롤라는 절대로 이해하지 못할 터였다. 절망적인 상황 때문에 스스로가 가엾게 느껴졌다. 침을 삼켜봤지만, 눈물이 차올라 눈앞을 뿌옇게 가리는 걸 막지는 못했다.

롤라가 그의 얼굴을 살폈다.

"아, 이런."

롤라가 갑자기 목소리를 부드럽게 바꾸며 말했다.

"좋아. 까짓것, 빨리 가봤자 달라질 것도 없어. 네가 원한다면 천천히 가자. 내가 옆에 있을게."

롤라는 지금까지 그랬던 것처럼 앞서서 걸었지만, 자주 뒤돌아보며 말을 걸었다.

"네가 살아온 얘기 좀 들려줘. 부모님은 어땠어? 부모님 만난 적 있니?"

"아니. 난…… 부모님 기억이 전혀 안 나. 고아원에선 아빠가 전쟁 때 돌아가셨댔어."

"다른 애들하고 똑같네."

"그리고 엄마는…… 교통사고로 돌아가셨대."

"네가 살던 곳은 어땠어?"

"아, 난 여러 군데서 살았어."

"그래? 어땠는데?"

피터는 처음 살았던 고아원을 떠올렸다. 삼 년 전까지 머물던 곳이었다. 건물이 낡고 창문은 열려 있었으며, 붙박이가 아닌 책상과 침대를 마음대로 옮길 수 있는 방은 제각기 모양이 달랐다. 사감이 특히 그를 좋아했었다. 교사들도 재미있고 친절했다. 재스퍼가 항상 그를 돌봐 줬다. 다시는 재스퍼를 만날 수 없으리라…….

"어땠어?"

"아."

피터는 추억에 잠겨 잠시 자기가 어디에 있는지 잊었지만, 그럭저럭 계속 걸어가고는 있었다.

"오래전에…… 한 고아원에 살았는데…… 거긴 정말 좋은 곳이었어."

뒤를 돌아본 롤라는 피터가 계속 말하려는 걸 눈치채고 다시 앞으로 재빨리 몸을 돌렸다.

"하지만 그 사람들이 날 옮겼어, 삼 년 전에, 다른 곳으로—"

"쥐새끼들."

롤라는 차분하게 피터의 이야기에 덧붙였지만, 격렬한 감정이
담긴 말투였다.

"—새로 간 고아원은 엄청 컸어. 그리고…… 아는 사람이 아
무도 없었어. 사람들은 날 다른 곳으로 여러 번 옮겼어. 내가 계
속…… 적응을 못 했거든. 난 오늘도 또 다른 고아원으로 데려가는
건 줄 알았어."

"그랬구나."

롤라가 걸음을 멈췄다. 그들은 다른 계단참에 도착했는데, 거기
서 계단이 세 방향으로 갈렸다. 두 개는 위로 올라가는 계단이고
하나는 5미터쯤 되는 길이의 좁은 다리로, 난간도 없이 다른 계단
참으로 이어져 있었다. 거기서도 아직 바닥은 보이지 않았고, 아래
에는 더 많은 계단들이 이리저리 가로지르고 있었다.

"이렇게는 아무 데도 못 가."

롤라가 아래를 내려다보며 말했다.

"저쪽 아래에 계단이 더 있는 것 같아. 서로 가까이 붙어서 말이
야."

롤라가 피터를 향해 몸을 돌렸다.

"내 말 들어봐. 저 다리를 건너야 할 것 같아. 네가 싫어할 줄 알
지만, 아래로 내려가려면 이 길밖에 없어. 나 먼저 갈게."

다리의 너비는 겨우 30센티미터 정도에 불과했고, 살짝 아치형

으로 구부러져 있었다. 롤라도 그 다리 위에 발을 딛는 순간, 약간 주춤하는 것 같았다. 피터는 5센티미터를 나아가는 데 십 분씩은 걸렸다. 그들은 계속 아래로 내려갔다. 그러다 롤라가 갑자기 멈춰 서는 바람에 피터는 그녀를 들이받을 뻔했다.

"잠깐만."

롤라가 천천히 입을 열었다.

"여기…… 뭔가 좀 이상해. 내려가는 게 점점 어려워지잖아. 내 말은, 아래에는 저렇게 계단이 많지만……."

아래쪽에 있는 계단참은 세 개의 계단이 위쪽으로 이어져 있었으나, 아래로 내려가는 계단은 하나도 없었다.

"마치 저기에 접근하지 못하도록 막는 것 같아."

롤라가 뒤를 돌아봤다.

"미안. 돌아가야 할 것 같아. 저 다리도 다시 건너야 해. 이 길로는 아무 데도 갈 수 없어."

멀리 떨어진 곳이 잘 보이지 않고 아래쪽으로 갈 것 같았던 계단도 결국은 다시 위로 올라가곤 해서, 돌아가야 하는 일이 점점 더 자주 반복되었다. 발아래로는 항상 다른 계단이 지나가며 있는지 없는지도 모르는 바닥을 가리고 있었다. 그들은 수직 방향보다는 주로 수평으로 나아가는 편이었는데, 다리를 건너는 일은 피터에게 매번 시련이었다. 결국 롤라가 피터의 불안정한 상태를 눈치 챘다.

"우리 좀 앉을까?"

다리를 막 건너 둘이 함께 머물 만한 넓은 계단참에 도착하자 롤라가 말했다.

"응, 좋아."

피터가 기쁘게 말하며 바로 계단에 주저앉았다.

롤라는 피터의 맞은편에 비스듬히 기대고 다리를 뻗어 피터의 좌우 양쪽으로 발을 올리고 쉬었다. 그녀는 담배에 불을 붙이더니 양손으로 팔베개를 했다. 담배가 얇은 입술에 대롱대롱 매달렸다.

"이제야 여기가 좀 파악이 되는 것 같아. 위든 아래든 어딘가에는 나가는 길이 있겠지."

그녀는 위아래로 고갯짓을 하며 가리켰다.

"하지만 그 사람들은 우리가 나가는 걸 원치 않아. 이 거지같은 계단은 연결이 안 돼 있어. 저 아래 계단으로 갈 방법이 없다고."

"음……."

피터가 웅얼거렸다. 그도 마음속으로는 이미 절망적인 상황을 인식하고 있었다. 활달한 롤라라 할지라도 포기하는 건 시간문제였다. 하지만 그동안 그녀를 따라다니는 일은 즐거웠다. 이제 꿈꾸는 것 말고는 할 일이 아무것도 없었다.

3

　롤라는 밝은 금발에 창백하고 통통한 얼굴의 피터가 피곤한 표정으로 먼 곳을 멍하게 바라보는 모습을 지켜봤다. 롤라는 이미 피터를 부끄럼 많고 예민한 녀석으로 분류했다. 이런 부류는 붙잡힐까 봐 겁이 나서 절대로 재미난 일을 못한다. 여기에서 도망쳐 그 멍청한 관리자 놈들과 규칙보다 자신이 더 나은 사람임을 보여주는 게 중요하다는 걸 왜 못 알아들을까?

　어쨌든 그들은 그녀를 여기에 가뒀다. 그녀는 주변을 다시 훑어봤다. 어떤 면에서는 기쁘기까지 했다. 독방에 갇히거나 화장실을 청소하는 것보다는 이게 나았다. 훨씬 흥미로운 데다 일종의 도전인 셈이니까. 문제는, 그들이 왜 피터를 여기다 가두었느냐는 것이다. 피터는 생전 규칙을 어길 만한 아이가 아니다. 언젠가는 그 문제의 답을 찾아야만 할 것이다.

그사이 롤라는 배가 고파졌다. 이제 그녀는 출구 찾기를 잠시 멈추고, 음식을 찾는 데 주력하기로 했다. 그간 음식은 언제나 정기적으로 주어졌지만, 지금 그녀가 처한 상황은 이전과 완전히 다른데다 어떻게 될지 전혀 예상할 수 없으므로, 음식 제공도 달라질 수 있었다. 만일 여기서 얼마간 지내야 할 상황이라도 누군가 음식을 가져다주는 건 불가능해 보였다. 왠지 그럴 수는 없을 것 같았다. 음식이 없다면 앞으로 어떻게 해야 할까?

롤라는 담배를 툭 던져버리고 피터를 쳐다봤다.

"야!"

피터가 흠칫 놀라더니 롤라에게 눈을 돌렸다.

"배고프니?"

롤라가 물었다.

"음…… 아니, 난…… 안 고픈 거 같아."

롤라는 피터의 주저주저하며 중얼거리는 말투가 거슬렸다. 그녀는 이 불쌍한 아이가 가여웠다. 이 아이는 아마 지금 상황이 힘들 것이다. 그래도 도울 수 있는 사람이 함께 있으면 좀 낫겠지. 자신을 챙기듯 그도 돌봐 줘야 할 것이다.

"그래? 난 배고픈데."

롤라가 말하며 일어섰다.

"자, 힘내. 충분히 쉬었잖아. 이제 또 출발해야지."

이제 롤라는 위쪽으로 올라가면서 자주 계단을 옮겨 다녔다. 그녀도 자신이 무작정 헤매 다닌다는 사실을 알았지만, 어딘가에는 뭔가 다른 게 있을 거라는 실낱같은 희망을 안고 가능한 한 탐험해볼 수밖에 없다고 생각했다. 하지만 백만 년을 헤매어 다닌다 한들 과연 이곳을 이해할 수 있을까? 특별한 장소를 지나온 것인지, 새로운 영역으로 나아가는 것인지, 아니면 제자리만 뱅뱅 도는 것인지 알 수 있는 방법이 전혀 없었다. 게다가 이렇게 천천히 움직이는 건 아무런 도움이 되지 않는다! 도대체 왜 피터는 이런 상황에 적응을 못 하는 걸까?

롤라는 자포자기하고 싶은 심정을 겨우 억눌렀다. 그녀는 반드시 어딘엔가 출구가 있어서 지금의 상황이 변할 거라는 사실을 믿어야만 했다. 그녀는 뭐라도 할 수 있는 일이 있다면 그 일을 찾아내리라 마음먹었고, 절망은 일을 더 어렵게 만들 뿐이므로 그런 사치를 부릴 여유도 없었다.

당연한 이야기지만, 몹시 굶주린 상태는 문제 해결에 결코 도움이 되지 않는다. 롤라는 딱 한 끼, 어쩌면 두 끼의 식사가 그리웠다. 텅 빈 배 속의 허기를 모른 척하기가 점점 어려워졌다. 지금도 이런데 하루나 이틀이 더 지나면 어떻게 될까? 그녀는 언제나 강인해지려 애썼고 약해지지 않겠다고 다짐했었다. 하지만 지금까지 한 번도 배를 곯은 적은 없어서 어떻게 해야 할지 자신이 없었

다. 어딘가에서 음식 냄새가 나는 것 같은 상상마저 들자 자신이
그렇게 유약해졌다는 사실에 짜증이 솟았다.

그 순간 롤라가 제자리에 멈추었다. 그리고 뒤로 손을 내밀어
피터에게 조용히 하라고 손짓했다. 그녀는 숨까지 참으면서 조용
히 기다렸다. 소리가 다시 들려왔다. 뭐라고 딱히 꼬집어 말하기
힘든 소리가 이어졌다. 윙윙 소리와 기계 소리가 섞여 있었고, 이
상하게 축축한 소리도 함께 들렸다. '먹는 소리야.' 롤라는 그렇게
생각했다.

"이 소리 들려?"

롤라가 피터를 돌아보며 물었다.

"글쎄……."

피터가 애매하게 말했다.

"들어보라고! 난 네 생각이 알고 싶어. 가끔씩은 너도 도움을 좀
주란 말이야!"

피터의 눈에 글썽글썽 눈물이 맺혔다.

"또 울 생각 하지 마! 그동안 최대한 친절하게 대해줬잖아. 무슨
소린지 들어보란 말이야!"

"으응……. 나도 분명히 들었어. 이건…… 동물 소리를 내는 기
계 소리 같아."

피터가 마침내 입을 열었다.

"그렇지? 나도 그런 것 같아."

롤라는 잠시 결정을 내리지 못하고 주저했다. 이 소리에는 뭔가 위협적인 분위기도 있었지만 끝도, 목표도 없이 오르락내리락하는 것보다는 나을 것이다.

"가보자. 저쪽에서 나는 것 같아."

처음에는 어느 쪽으로 가야 할지 잘 몰랐지만, 몇 번 헤매고 나니 소리가 서서히 가까워지기 시작했다. 곧 소리는 머리 바로 위의 계단참에서 들려왔다. 그 소리는 아주 규칙적이었다. 윙윙 소리가 들려오고, 희미한 딸가닥 소리, 그리고 나서는 쩝쩝대며 뭔가를 씹는 소리, 잠깐 침묵, 다시 윙윙 소리부터 반복되었다. 그리고 이제는 음식—그것도 아주 맛있는 음식—의 냄새가 강하게 풍겨왔다. 어쩌면 그저 롤라 자신의 상상일지도 모르지만.

나선형 계단을 따라 올라가자 계단참 가에 있는 동그란 구멍으로 이어졌다. 이 구멍을 빠져나가야 계단참으로 올라갈 수 있었다. 롤라는 구멍 아래에서 잠시 멈칫하더니 빠르게 세 걸음을 올라가 구멍으로 머리를 쑥 내밀었다.

롤라의 코 바로 앞에 불룩한 하얀 옷이 보였다. 시간이 좀 지나서야 그게 사람이란 걸 알아챘다. 여자애 하나가 구멍을 등지고 계단참 바닥에 앉아 있었다. 엄청 뚱뚱한 소녀였는데 등 뒤로 풍성한 금발 곱슬머리가 통통한 허리춤까지 늘어져 있었다. 롤라는 가만히 멈춰 있다가 그녀의 어깨 너머가 보일 때까지 몇 걸음을 기어 올라갔다. 소녀 앞에는 다이아몬드 모양의 면들로 이루어진 30

센티 정도 지름의 플라스틱 반구(半球)가 놓여 있었다. 반구는 붉은색으로 희미하게 빛났다. 롤라가 지켜보는 동안 소녀는 몸을 앞으로 기울이고 그 플라스틱 반구를 보며 혀를 쑥 내밀었다. 그러자 윙 소리가 들리더니 딸가닥 소리가 난 다음, 갈색 원형 막대가 틈에서 굴러 나왔다. 갈색 원형 막대는 손을 내밀고 준비 자세를 하고 있던 소녀의 입속으로 눈 깜짝할 새에 사라졌다. 그녀는 짐승 같은 소리를 냈다.

이 모습을 빤히 지켜보던 롤라는 숨이 턱 막혔다. 소녀는 음식을 삼키자마자 잠시도 머뭇대지 않고 다시 앞쪽으로 몸을 기울이며 혀를 쑥 내밀었다. 윙, 딸가닥, 갈색 원형 막대가 소녀의 손으로 굴러 들어가고 시끄럽게 먹는 소리가 났다.

다음번에는 롤라도 준비가 되었다. 롤라는 재빨리 움직여 계단 참으로 뛰어올라 갈색 원형 막대가 보이자마자 움켜쥐었다.

소녀가 날카롭게 비명을 질러, 구멍으로 올라오려던 피터가 다시 고개를 쑥 집어넣고 모습을 감추었다. 그녀는 손으로 입을 막고 롤라를 노려보았다. 소녀의 이목구비는 혈색 좋은 분홍빛 살 속에 파묻혀 작아 보였다. 그녀가 계단 쪽을 향해 뒤로 움직이자 치마의 하얀 주름 장식 아래 살이 출렁거렸다. 롤라는 소녀 건너편에 있는 계단 아래쪽에 자리를 잡은 후 팔짱을 끼고, 한 손으로는 원형 막대를 까닥까닥 흔들었다.

"이, 이런……."

소녀가 손을 입에서 떼고 롤라를 향해 내저으면서 말했다.

"이, 이런, 너 때문에 놀랐잖아!"

"그럼 내가 어떻게 해야겠니? 네가 음식을 다 먹어치우는 걸 보면서 난 굶어 죽으라고? 응?"

롤라가 옅은 미소를 짓고 고개를 한쪽으로 갸우뚱하며 말했다.

"아니, 하지만―"

말을 하던 소녀는 피터가 구멍으로 다시 고개를 쑥 내밀자 작게 비명을 질렀다.

"피터, 올라와. 이 위가 별로 넓지는 않지만, 음식이 있잖아."

롤라가 말했다.

그 계단참은 일종의 교차로였다. 네 개의 계단이 각각 네 방향으로 위를 향해 뻗어 있었으며, 아래쪽으로는 나선형 계단이 구멍으로 이어져 있었다. 구멍과 음식 나오는 기계, 그리고 소녀가 계단참의 공간을 다 차지하고 있었기 때문에, 피터는 주저주저하면서 계단으로 가서 앉았다.

롤라는 속으로 빈정거렸다. '아마도 이런 곳에서 함께 지내기에 최악인 인물 두 명을 꼽으라면 저 짜증 나는 두 녀석일 거야.' 그녀는 손에 쥔 원형 막대를 꼼꼼히 살펴봤다. 지금까지 익숙했던 합성 단백질과는 달랐다. 사람을 감질나게 하는 냄새가 났다. 한쪽을 뜯어서 씹자 놀랍도록 풍성한 육즙의 향내가 입안에 가득 찼다. 한 입 더 베어 물었다. 그리고 한 입 더. 문득 저 뚱뚱한 소녀의 탐욕이 이해가 됐다. 지금까지 먹어본 음식 가운데 가장 맛있었다.

"이럴 수가!"

롤라가 마지막 조각을 삼키면서 감탄했다.

"이게 뭐야? 끝내준다!"

"고기야."

소녀의 목소리는 높았고 아기 같은 말투였다.

"진짜 고기야. 난 알아."

소녀가 롤라를 노려보았다. 그녀의 작은 눈은 의외로 냉담한 눈빛을 보냈다. 그 눈은 이상하게도 감정이 실리지 않은 인형의 눈 같았다. 롤라는 뜻밖에도 강렬한 두려움을 느꼈다. 그러나 잠시 후 소녀는 눈길을 아래로 돌려 바닥에 있는 붉은 반구로 다가갔다.

"야!"

그녀가 다음 조각을 먹으려 하자 롤라가 말했다. 소녀가 입을 벌린 채로 롤라를 바라봤다.

"그건 쟤한테 줘."

롤라가 최대한 단호한 목소리로 천천히 말했다. 소녀는 얼핏 방어적인 눈빛을 띠더니 말했다.

"이게 마지막일지도 몰라."

소녀는 피터가 앉아 있는 쪽을 흘끗 보더니, 노골적으로 싫은 티를 내면서 통통한 팔을 내밀었다. 피터는 고기를 받아 조금씩 조심스럽게 뜯어 먹었다.

"그다음은 내 거야. 넌 많이 먹었잖아."

롤라가 으르렁거리며 말했다.

"그럼 네가 구해 먹든지!"

소녀는 뒤쪽에 있는 계단 끝으로 갔다.

"넌 못됐어."

롤라는 바보 같은 짓이라고 생각하며, 계단참에 무릎을 꿇고 반구 앞으로 몸을 숙였다. 혀를 내밀었다. 아무 일도 일어나지 않았다.

"야!"

롤라는 아까보다 더 혀를 쑥 내밀며 반구 쪽으로 몸을 기울였다. 하지만 여전히 아무 일도 일어나지 않았다.

"하하."

소녀는 웃지 않고 말했다.

"네가 하면 작동 안 해."

피터에게 시켜봐도 반구는 작동하지 않았고, 롤라가 다시 시도해봐도 마찬가지였다. 결국 롤라는 처음 자리로 돌아가서 말했다.

"알았어, 네가 다시 해봐."

그러자 기계가 작동했다.

"자."

소녀는 피터에게 처음 나온 조각을 내밀었다.

"넌 먹고 싶은 만큼 먹어. 하지만 저 앤 절대로 안 돼. 너무 못됐어."

"집어치워!"

롤라는 아무렇지도 않은 듯 말하려 했지만 사실 약간 걱정스러웠다.

"난 단지 우리도 먹을 수 있을지 확인하고 싶었을 뿐이야. 저기에 음식이 얼마나 남았는지 누가 알겠냐고. 음식은 언제라도 떨어질 수 있잖아."

"그래도 그렇게 못되게 굴 필요는 없잖아."

소녀는 롤라를 노려보며 고기를 씹었다.

"그리고 처음에 나를 겁줄 필요도 없었어. 너 때문에 토할 뻔했잖아. 저 밖으로 떨어졌을지도 몰라. 이렇게 높은 데서는 조심해야 된다고—아! 여긴 어디쯤일까? 그 사람들이 언제 우리를 데리고 나갈까?"

"우리도 네가 아는 정도밖에 몰라. 그 사람들은 우리를 데리러 영영 안 올지도 몰라. 그러니까 우린 서로 잘 지내고 먹을 것도 나눠야 해."

롤라는 너무 배가 고픈 데다 이런 애한테 휘둘리는 상황이 견디기 힘들었다.

"너희도 우리가 어디에 있는지 모른다는 거야? 너희 둘 다? 난…… 난 이해가 안 돼."

소녀는 고기를 삼키더니, 자동적으로 몸을 앞으로 기울이고 작고 붉은 혀를 내밀었다. 그러고는 보지도 않고 손을 뻗어서 음식을 받았다.

"내 말은……."

소녀는 고기를 씹으면서 롤라의 굶주린 눈빛을 비난하듯이 무시하고 계속 말했다.

"왜 그 사람들이 날 여기에 데려다 놨냐는 거야. 난 아무것도 잘못한 적 없어. 게다가 이 계단들은 다 어디로 이어지는 거야?"

"나도 네 질문에 하나라도 대답할 수 있으면 좋겠다. 아! 그리고, 아무튼 다음번에 또 나오면 하나는 이쪽으로 넘겨."

"어, 알았어……."

소녀가 말하더니 원형 막대 하나를 롤라에게 건네주었다. 롤라는 재빨리 먹어치웠다.

"그건 그렇고, 이런 방법은 어떻게 알아낸 거야?"

롤라가 다 먹고 나서 담배에 불을 붙이며 물었다.

"너 담배 피워? 내 생각엔—"

여자애가 놀라며 묻더니 말을 멈췄다.

"응. 피워. 누구든지 나보고 이래라저래라 하도록 놔두지 않을 거야. 그런데 네 생각에 뭐?"

"아, 아무것도 아냐."

소녀가 재빨리 답했다.

"아무 말도 아냐."

"음……."

롤라는 그녀가 뭘 감추려 하는지 궁금해하며 바라보았다.

"그래. 뭐 상관없어. 그 사람들이 널 이 계단참에 내려다 놓은 거야?"

"아니. 눈가리개를 한 채로 저 위 어디쯤에 내려놨어."

소녀는 모호한 몸짓으로 가리키며 말을 이었다.

"그땐 무슨 일인지 알 수 없었고 무서웠어. 뭘 해야 할지 몰라서 한참 동안 기다리기만 했는데, 아무 일도 일어나지 않더라고. 그러다가 나가는 길이 있을지도 모른다는 생각이 들어서 아래 계단으로 내려오기 시작한 거야."

롤라는 이 여자애가 보기보다는 쓸모 있을지도 모르겠다고 생각했다.

"그리고 이 계단참에 도착했어. 이 반구를 보고 어쩌면 통신 장치일지도 모른다고 생각했어. 그래서 말도 해보고 소리도 지르고 고함도 쳐봤지만 아무 일도 안 일어나더라고. 화가 나서 혀를 내밀었더니 고기가 나온 거야. 처음엔 뭐가 어떻게 해서 일어난 일인지 몰랐어. 다시 이것저것 다 해봤는데도 작동을 안 했어. 그래서 혀를 내밀었더니, 고기가 더 나왔어. 그제야 알게 된 거야."

"이게 진짜 고기라는 건 어떻게 알아?"

"난……."

갑자기 소녀가 당황한 것 같았다.

"나…… 난 그냥 알아. 그뿐이야. 엄마랑 아빠가……."

그녀가 한숨을 쉬었다.

"한번 가져다준 적이 있어."

"엄마 아빠? 넌 부모님이 있단 말이야?"

"그러면 안 돼? 그게 뭐 잘못이야?"

"그런 뜻이 아냐. 우리 둘은 고아원에서 왔거든. 그래서 난 여기에 다른 사람이 있다면 그 사람도 마찬가지일 거라고 짐작한 것뿐이야."

"그랬구나. 사실대로 말하자면 나도 부모님은 없어."

소녀는 잠시 아래를 내려다보더니 말을 이었다.

"엄마하고 아빠는…… 한 달 전에 교통사고로 돌아가셨어. 그때부터 난 첨단 보안 시설이 된 이상한 곳에 있었어. 그 사람들은 나를 계속 시험했어. 끔찍했어. 그러다가 오늘 여기로 보내진 거야."

아직 계단참에 무릎을 꿇은 채로 있던 소녀는 앞으로 몸을 숙이고 혀를 내밀었다. 하지만 이번에는 윙 소리도 딸가닥 소리도 나지 않고, 음식도 나오지 않았다.

롤라는 소녀가 기계 앞에서 음식을 얻으려다 방금 전의 자신과 똑같은 처지가 되자 속으로 웃음을 참을 수 없었다. 소녀는 숨을 내쉬고 헐떡대더니 반구에 침을 몇 방울 흘렸다.

"너도 포기하는 게 나을 거야."

롤라가 피우던 담배를 내던지며 말했다.

"기계는 네가 충분히 먹었다고 판단한 거지. 그리고 그게 맞잖아.”

“닥쳐!”

소녀는 눈물을 흘리기 직전이었다.

“넌 여기 와서 계속 못된 소리만 하고, 나한테 이래라저래라 내가 무슨 한심한 애라도 되는 것처럼 굴고 있잖아. 게다가…….”

“누가 그랬다는 거야?”

“넌 말만 그렇게 한 게 아냐. 행동도 그렇게 했어. 내가 뚱뚱하다고 너보다 못났다고 생각한 거야. 하지만 두고 봐. 누가 마지막에 승자가 될지 한번 보자고. 네가 정말 싫어!”

“도대체 무슨 소리야! 승자라니? 넌 우리가 전쟁이라도 하는 줄 알아?”

롤라가 어이없다는 표정으로 말했다.

“우린 전쟁 중이야. 네가 먼저 시작했잖아.”

“이런, 집어치워. 바보같이 왜 싸워. 내가 알고 싶은 건 처음에 어떻게 해서 기계가 작동했느냐는 거야. 도대체 왜 네가 혀를 내밀었을 때 기계가 작동했느냐고……. 그건 말이 안 돼. 이해가 안 되잖아. 여긴 도대체 말이 되는 게 하나도 없어.”

롤라는 답답한 표정으로 피터와 소녀의 얼굴을 쳐다봤다. 피터는 또다시 눈물이 글썽글썽했고, 소녀는 토라진 표정으로 먼 곳을 물끄러미 보고 있었다. 롤라는 다시 한 번 재수 없게도 이런 아이들과 여기 있게 된 상황을 저주했다. 그리고 자신이 이곳에 있게 된 것 자체에도 저주를 퍼부었다. 그래, 이건 승부를 봐야 하는 게임이고, 도전이다. 롤라는 이기고 싶었다. 하지만 이 게임은 눈에 보이는 논리나 규칙이 없었다. 롤라의 자신감에 또 한 번—이게 마지막은 아니지만—의심의 검은 손길이 스멀스멀 기어들었다.

"안녕."

위에서 상냥하고 음악같이 부드러운 목소리가 들려왔다.

"드디어 너흴 찾게 돼서 정말 기쁘다."

4

피터는 깜짝 놀랐다. 잠시 말이 끊긴 사이 갑자기 새로운 목소리가 들려온 것이다. 위를 올려다보았다.

한 소녀가 피터의 반대쪽 계단에 서 있었다. 그녀는 마르고 키가 컸다. 턱이 좁고 코가 조금 높았는데, 예쁘다고 하긴 힘들지만 차분한 표정과 허리께까지 내려오는 밝게 빛나는 머릿결 덕에 우아해 보였다.

"너희…… 목소리를 들었어."

소녀는 이쪽저쪽을 두리번거리며 얇은 입술에 자신 없는 미소를 지었다.

"그래서 한동안 너희를 찾아다녔어. 너희 목소리를 듣고 진짜

기뻤거든. 오랫동안 난…… 여기 혼자인 줄 알았어."

"어…… 만나서 반가워. 이리 와 앉아."

롤라가 말했다.

"그래."

소녀는 계단에 앉으며 손으로 머리를 뒤로 넘겼다. 그녀는 보통 사람들이 입으면 침울해 보이는 회색 단체복을 입고 있었는데, 그녀에게는 그럭저럭 잘 어울렸다.

"사실 조금은 실망했어. 처음에 목소리를 들었을 때는 나갈 수 있게 되거나, 최소한 무슨 일이 일어났는지 정도는 알 수 있을 줄 알았거든. 그런데 여기는 도대체 말이 안 된다는 너희 얘길 들어보니까, 내 생각엔…… 너희도 나만큼이나 모르는 것 같아."

"맞아."

롤라가 대답했다.

"그런데 너희 아까……."

소녀가 약간 우스워하면서도 궁금한 표정으로 얼굴을 찡그렸다.

"혀를 내밀어서 뭘 작동시킨다는 그런 얘기 하지 않았니?"

"음식 얘기야."

뚱뚱한 소녀가 바닥을 가리키며 말했다.

"보이지? 이걸 맨 처음 찾아낸 사람이 나야."

그녀가 롤라를 차가운 눈으로 힐끗 보고는 말을 이었다.

"내가 여기에 대고 혀를 내밀면 음식이 나온다는 걸 발견했어.

맛있는 거야. 그리고 저 여자애랑 남자애가 왔는데, 여자애가 계속 못되게 구니까 기계가 작동을 멈춰버렸어."

"기계가 그런 식으로 작동한다니 정말 이상하다. 도대체 왜 그런 거지……?"

새로 온 소녀가 다른 세 명에게 미소를 지으며 말했다.

롤라가 어깨를 으쓱했다.

"누가 알겠어. 너 배고프니? 어쩌면 기계가 다시 작동할지도 몰라."

"고맙지만, 지금은 안 고파."

다른 세 명이 새로 온 소녀를 조용히 쳐다봤다. 그녀는 거북해서 분위기를 바꿔보려 했다.

"음, 너희 이름은 뭐야? 난 애비게일이야."

"난 롤라야. 그리고 앤 피터. 너는?"

롤라가 답하며 뚱뚱한 소녀를 쳐다봤다.

"난 블라썸(블라썸(Blossom)은 꽃, 꽃처럼 예쁜 사람이라는 뜻의 이름―옮긴이)."

뚱뚱한 소녀가 거만하게 고개를 쳐들며 내키지 않는다는 듯이 말하자, 롤라가 콧방귀를 뀌었다.

"블라썸 필킹턴이야. 그리고 넌 좀 닥쳐! 네가 그럴 줄 알았어!"

롤라는 애비게일 쪽을 보며 물었다.

"넌 고아니?"

애비게일이 고개를 끄덕였다.

"난 부모님이 어떤 사람인지 전혀 몰라. 쭉 고아원에서 살았거든. 그런데 어떻게 알았어?"

"나하고 피터도 마찬가지야."

"난 부모님을 알아. 한 달 전쯤에 돌아가셨어. 부모님이 돌아가시기 전에는 진짜……."

블라썸이 갑자기 말을 멈추더니 한숨을 뱉었다.

롤라가 블라썸을 잠시 살펴보더니 말했다.

"그리고 나하고 피터는 열여섯 살이야."

"나도 열여섯 살이야."

나머지 아이들이 동시에 말했다.

"그럼 이제 서로 다 알았네."

롤라가 일어서서 기지개를 펴며 말을 계속했다.

"열여섯 살짜리 고아들이 몇 명이나 더 나타날지 궁금하다. 누군가 더 나타날지도 의문이지만 말이야."

"여기 남자애가 있다는 건 좀 이상해."

애비게일이 피터를 보며 말을 이었다.

"너희 생각에도 여기에 우리를 함께 둔 게 이상하지 않니?"

"어째서? 어찌됐든 여긴 말이 되는 게 하나도 없어."

롤라는 허리에 손을 짚으며 내쳐 말했다.

"그래도 난 여기 이렇게 앉아만 있는 건 질렸어. 이런 게 더 있을지도 모르잖아?"

롤라는 발로 반구를 툭 건드렸다.

"그리고 몇 가지 더 궁금한 게 생겼어. 예를 들자면, 근처에 물이 있을까? 화장실은?"

"맞는 말이야."

애비게일이 대답했다.

"그래. 음식을 아무리 맘껏 먹더라도, 물 없이는 못 살아. 게다가 화장실도 가야 하고. 우리가 넋 놓고 계속 이러고 있을 수도 있겠지만—블라썸이 입술을 오므리고 자신의 다리를 내려다보았다—곧 엉망이 될 거야. 찾을 수만 있다면 화장실이 어딘가에 분명히 있을 거야. 여긴 눈부실 정도로 매끈하고 깨끗해. 그러니 뭘 하는 데인지는 모르겠지만, 바닥에 볼일을 보게 돼 있지는 않을 거야. 난 둘러볼까 하는데 누구 같이 갈래……? 없어? 알았어."

롤라가 몸을 돌리더니 계단을 가볍게 뛰어 올라갔다.

"휴! 쟤가 가버리니까 좋네."

롤라가 목소리가 닿지 않는 곳으로 멀어지자마자 블라썸이 말했다.

"왜? 쟤한테 무슨 문제라도 있어?"

"넌 모를 거야. 왠지 몰라도 쟤가 너한테는 착한 척하고 있지만, 나한테는 아주 끔찍했어. 그렇지 않니?"

블라썸이 피터를 보며 말했다.

"음…… 난 잘 모르겠어."

"너도 재가 말하는 걸 들었잖아. 못된 말만 했다고. 너도 인정해야 돼!"

블라썸이 고집을 부렸다.

피터가 뭐라고 말할 수 있을까? 블라썸의 말도 어느 정도는 맞기에 피터는 블라썸이 자신을 내버려 두도록 그녀에게 동의할까 생각했다. 그러나 피터는 막연하게나마 롤라에게 의리를 지키고 싶어 나쁜 말을 하는 것이 주저되었다.

그렇지만 그는 두 아이가 자신을 빤히 바라보자 결국 포기하고 말았다.

"응. 롤라가 못되게 굴었던 것 같아."

블라썸이 살짝 웃음을 띠었던가? 아니면 애비게일을 향해 돌아설 때 블라썸의 통통한 뺨이 약간 씰룩인 것뿐일까?

"들었지? 얘도 롤라가 그랬다잖아."

애비게일은 조금 난처한 듯했다.

"아, 그래. 그래도 이런 곳에서라면 누구라도 이상해질 테니 그걸 가지고 뭐라고 하긴 힘들어. 우리가 왜 여기에 있는지, 우리에게 무슨 일이 일어나는 건지 모른다는 건 너무 무섭잖아."

"그래도 넌…… 넌 겁을 안 내는 것 같은데. 처음 우리를 찾았을 때도 아주…… 차분했잖아."

"내가 그랬나?"

애비게일의 뺨이 살짝 붉어졌다.

"음, 나도 무서워. 하지만 난…… 난 늘 이런 편이야."

"난 그렇게 무섭진 않아. 당연히 누군가 곧 여기로 와서 우리를 데리고 갈 테니까. 이건 그냥 중대한 착오일 뿐이야. 당연히 그렇게 될 거야."

블라썸이 말했다.

애비게일의 눈이 피터와 잠깐 마주쳤다. 블라썸의 확신이 너무나 강해 할 말을 잃었다. 피터도 블라썸을 믿고 싶었다. 그럴 수만 있다면 정말 좋을 것이다. 하지만 피터는 이것이 그들의 실수가 아니라는 사실을 알고 있었다.

"넌 지금까지 고아원에서만 살았어?"

블라썸이 한바탕 쏟아낸 후 생긴 침묵을 깨고, 애비게일이 피터에게 물었다.

피터가 고개를 끄덕였다.

"너는?"

피터는 화제를 자신에게서 멀리 떼어놓고 싶어 되물었다.

"너…… 넌 어떤 곳에 살았어?"

"아, 괜찮은 곳이었어. 난 운이 좋았던 것 같아. 큰 고아원은 아니었어. 규모는 작았지만 선생님들이 친절했고, 친구들도 좋았어."

"넌 거기가 싫지 않았단 말이야?"

블라썸이 믿지 못하겠다는 듯이 말했다.

"응."

"하지만 거기도 소름 끼치는 선생들과 밥맛 떨어지는 애들이 분명 있었을 거 아냐."

"글쎄, 응. 그랬던 것 같기도 해."

"글쎄? 그렇게 얌전 떨면서 말할 필요는 없잖아. 사람을 미워하는 게 무슨 문제야?"

블라썸이 특유의 고음으로 콧소리를 내며 말했다.

"'혐오감은 끝이 없고, 증오는 바닥없는 잔이다. 나는 붓고 또 붓는다.'(고대 그리스 3대 비극 시인 중 한 명인 에우리피데스의 대표작 「메데이아」에 나오는 대사—옮긴이) 이런 말 못 들어봤어? 고대 희곡인가 뭔가에 나왔던 말이야."

"못 들어봤어."

애비게일이 다시 난처한 표정을 지었다.

"부모님이 돌아가시고 나서 내가 있던 곳에서 좋았던 거라곤 그것뿐이야."

이제 블라썸은 부모님이 돌아가신 일을 마치 휴가 때 휴양지에라도 간 양 쉽게 이야기했다.

"미워할 사람이 너무 많았다는 거. 그게 장점이라면 장점일 수도 있지. 하지만 부모님이 돌아가시기 전에 다녔던 학교에는 친구도 있었어. 좋은 친구들 말이야."

블라썸이 잠시 말을 멈추었다가 다시 시작했다.

"내가…… 뭐 하나 얘기해줄까? 우리 부모님 이야기?"

블라썸은 이리저리 주위를 열심히 살피더니, 목소리를 속삭이듯이 낮추고 말했다.

"너희한테 이런 얘길 하면 안 되는데, 말하면 안 되는 내용이거든. 그래도…… 뭐, 그 사람들이 여기에 너희랑 같이 집어넣은 거고 이상한 일들 천지니까 말해도 괜찮을 거야."

블라썸은 팔짱을 끼고 이야기를 계속했다.

"어쨌든 난 말할래. 너흰 절대로 못 믿을 거야. 그래도 이건 사실이야, 진짜라고."

피터는 갑자기 블라썸의 다음 이야기가 궁금해졌다. 블라썸의 열정적인 말투에 묘하게 끌렸다. 애비게일은 조금 전까지 다리만 내려다보더니, 이제는 피터와 마찬가지로 블라썸을 뚫어져라 보고 있었다.

"들어봐."

블라썸이 말했다.

"들어보라고."

블라썸은 천천히 또렷하게 말했다.

"우리는 집에 살았어. 그 집에는 진짜 잔디가 깔려 있고, 살아서 자라나는 나무가 있었어."

블라썸이 허리를 조금 펴고 똑바로 앉더니 다른 아이들의 반응을 살폈다.

"집? 하지만—"

애비게일이 말했다.

"맞아."

블라썸이 고개를 끄덕이고 말을 이었다.

"아직도 어떤 사람들은 개인 소유 집에서 살고 있어. 너희는 몰랐겠지, 안 그래? 그걸 아는 사람은 거의 없어. 대통령이 집에서 사는 거야 모두 다 알지만. 대통령의 최고위급 보좌관들도 일부는 대통령과 마찬가지로 집에 살아. 최고 보좌관과 고문 들 말이야. 마을 전체가 집으로 이루어진 동네가 있어. 높은 담장이 주변을 둘러싸고 있지. 물론 이건 기밀이야. 밖에 있는 사람들이 집에 대해 알게 되면 불공평하다고 생각할 테고, 행정기관에 대해 안 좋은 인상을 갖게 될 테니까. 그래서 우리는 특별한 학교에 다녔어. 밖에 사는 사람들은 절대로 만나지 못하게 말이야. 우리 집엔 수영장도 있고, 음식을 먹는 특별한 방도 있었어. 부엌 말고 먹기만 하는 방. 그리고 어떤 때는 엄마가 음식을 만들어주기도 했는데 진짜 맛있었어. 아, 진짜 맛있었는데."

블라썸이 두 손을 마주 잡더니 잠시 눈을 스르르 감았다. 그리고 몽상에 잠겨서 고개를 뒤로 젖혔다.

피터는 자신이 애비게일과 마찬가지로 블라썸에게 다가가 한마디 한마디에 귀 기울이고 있다는 사실을 깨달았다. 피터는 블라썸에게 어딘가 사람을 끄는 데가 있다는 사실을 부정하기 어려웠다.

게다가 터무니없다는 걸 알면서도, 지극히 강렬하고 확신에 찬 그녀의 이야기를 믿지 않을 수 없었다.

"그게 정말이야?"

애비게일이 의심하는 투로 물었다.

"그렇다니까."

블라썸이 단언했다.

"아빠는 정신과 의사셨어. 고용 대상자들을 검사하셨지. 그래서 수영장 있는 집에서 살면서 매주 고기도 먹었던 거야. 언론에야 우리도 다른 사람들과 마찬가지로 주거용 대형 건물에 산다고 보도되긴 했지만 말이야."

피터는 다시 뒤로 물러났다. 블라썸의 이야기는 평생토록 귀가 따갑게 들었던 정보와는 정면으로 배치되었지만, 그럼에도 믿음이 갔다. 블라썸의 말 한마디 한마디가 '내가 왜 이런 이야기를 지어내겠어?'라는 투였다. 블라썸이 피터에게 롤라가 나쁘다는 걸 인정하라고 강요했을 때와 같은 식이었다. 어쨌든 롤라가 못되게 굴기는 했으니까.

"좋은 생각이 있어."

블라썸이 말을 이었다.

"음식 나오는 기계가 나한테는 더 이상 작동을 안 해. 얘네한테는 아예 처음부터 작동을 안 했어. 하지만 너는 될지도 몰라. 애비게일, 한번 해봐."

"난 정말로 배 안 고파."

애비게일이 말했다.

"나도 안 고파."

블라썸이 계속 말했다.

"그래도 그 사람들이 우리를 데리러 올 때까지 달리 할 일도 없잖아. 자, 한번 해봐. 저기에 몸을 숙이고 혀를 내밀어봐."

"글쎄······."

애비게일은 눈에 띄게 불편해했다. 피터는 블라썸이 애비게일을 가만두면 좋겠다고 생각했다.

"왜 안 해? 겁나니?"

블라썸이 말했다.

애비게일이 고개를 저었다.

"아니. 난 그냥······ 지금은 배가 안 고파서 그래. 그리고 지금까지 너한테만 기계가 작동했다면, 네가 다시 해보는 게 나을 것 같아."

"그래, 알았어."

블라썸이 말을 이었다.

"내가 지금 해볼게. 그래도 언젠간 너한테도 시켜볼 거야."

블라썸은 반구에 대고 다시 한 번 그 꼴사나운 행동을 시작했다.

피터는 눈을 감았다. 처음에는 눈꺼풀 바깥의 힘든 현실이 물러나려 하지 않아 공상에 빠져들기가 쉽지 않았다. 하지만 머릿속에

점차 아늑함이 차오르기 시작했다. 계단들은 하얀 안개 속으로 녹아 들어가고, 안개를 뚫고 재스퍼와 함께 썼던 옛날 방으로 되돌아갔다. 침대에 걸터앉아 신발을 벗고 있던 재스퍼가 미소를 짓고 피터의 어깨를 두드리며 걱정하지 말라고 했다. "피터, 괜찮아. 넌 저기 느려터진 게으름뱅이들 한 무더기보다 훨씬 훌륭해. 내일 내가 그 사람들에게 그렇게 말해 줄게." 재스퍼가 잠자리에 들 때 보면, 그의 몸은 피터와 달리 강인하고 단단했다. 그를 보호하고, 돌봐 주기에 충분할 정도로 튼튼했다. 재스퍼는 언제나 그를 돌봐 주었다—

"거기……."

목소리가 들렸다. 현실에서 들려오는 듯했지만 익숙한 목소리였다. 피터는 공상에서 들리는 소리라는 걸 알고 있었다. 꿈이 그토록 생생하다니 정말 이상했다.

"거기……."

목소리가 다시 들려왔다.

"거기 앉아서 뭐 하고 있어?"

이윽고 발소리가 들렸다. 블라썸이 요란하게 내던 소리가 멈췄다. 하지만 이 목소리는 어떻게 이렇게 생생할 수가 있지? 피터는 불안한 마음에 눈을 떴다.

나선형 계단에 발을 딛고 서서 계단참에 있는 구멍으로 반쯤 몸을 내민 채, 즐겁고 얼떨떨한 표정으로 세 명을 둘러보고 있는 소년은 바로 재스퍼였다.

5

　애비게일도 소년이 다가오는 소리를 듣지 못했다. 앉아서 블라
썸을 보지 않으려 노력하고, 이 상황 때문에 눈물을 흘리지 않으려
애쓰는 중이었다. 갑자기 누군가 말하는 소리가 들려 내려다보니
남자애가 하나 있었다. 아주 매력적인 소년이 빠르게 계단참으로
올라오고 있었다.

　"거기……."

　소년은 활달하게 다른 애들을 쭉 둘러보더니 말했다.

　"거기 앉아서 뭐 하고 있어?"

　블라썸은 무릎을 꿇은 상태로 소년을 살폈다. 피터는 입을 벌리
고 소년을 바라봤는데, 평소 무표정한 그의 얼굴이 믿을 수 없다는

듯 활짝 펴졌다. 애비게일은 피터가 왜 그토록 놀라는지 이해가 되지 않았다. 저 소년이 갑자기 나타난 것이 놀랍긴 했지만, 귀신 같은 것도 아니었다.

"먹을 거."

블라썸이 말하며 자기 계단에 가서 섰다. 블라썸은 소년에게서 눈을 뗄 줄 몰랐다.

"아까 저 틈에서 먹을 게 나왔어. 난 다시 기계를 작동시키려던 중이고."

블라썸이 설명하는 동안, 소년은 고개를 돌려서 애비게일을 유심히 살펴보았다. 소년의 눈은 청회색의 강렬한 색조를 띠고 있었다. 애비게일은 잠깐 동안 소년의 눈을 똑바로 쳐다보았으나 이내 시선을 떨어뜨렸다. 배 속이 흥분으로 요동치기 시작했다. 애비게일에게 있어서는 소년이 온 것만으로도 지금까지와는 완전히 다른 상황으로 바뀌었다. 어찌되었든, 블라썸과 롤라는 여자애들이었다. 그리고 피터는 착해 보이긴 해도 썩 잘생긴 건 아니었고, 부끄러움을 굉장히 많이 탔다. 하지만 새로 나타난 이 소년! 이 소년은 그녀를 뒤흔들고 흩뜨려놓아 다른 건 아무것도 생각하지 못하게 만들었다. 애비게일은 그런 감정을 갖는다는 게 잘못인 줄 알면서도 도저히 어떻게 할 수 없었다.

애비게일은 다시 고개를 들어 소년을 바라봤다. 소년은 음식 기계에 대한 블라썸의 설명에 벌써 약간 질린 듯 먼 곳을 바라보며 발로 바닥을 계속 툭툭 치고 있었다. 애비게일이 보기에 알맞게 곱슬곱슬하며 적당히 긴 짙은 금발 덕분에 그의 갸름한 얼굴이 더욱 돋보였다. 소년이 입은 운동복은 하얀 티셔츠와 회색 트레이닝복이었는데, 그조차도 그가 걸치니 좋아 보였다. 그 옷 아래 똑바로 서 있는 그의 몸은 틀림없이 단단하고 잘 빠진 근육으로 덮여 있을 것이다.

게다가 소년은 겉모습뿐만 아니라 내면적으로도 자신감과 힘, 왕성한 혈기를 발산했다. 연못에 조약돌을 던지면 물결이 퍼지듯, 그의 이러한 기운이 주변의 공기 속으로 퍼져나갔다. 애비게일은 소년 때문에 긴장이 되긴 했지만, 별안간 여기 들어온 후 어느 때보다 편안하고 아늑한 기분을 느꼈다.

여전히 입을 벌린 채 소년을 쳐다보고 있던 피터는, 이제는 혼란스러워하는 것 같았다.

"그런데 지금은 전혀 작동을 안 해. 누가 해봐도 안 돼."

블라썸이 이야기를 끝냈다. 그리고 애비게일이 바라보는 쪽을 힐끗 보았다. 소년은 피터 쪽으로 돌아서며 처음으로 그를 바라보았다. 애비게일은 갑작스럽게 동정심을 느껴 심장이 쪼그라드는 것 같았다—피터의 얼굴은 마치 개가 주인을 쳐다보듯이 말로 표현하기 힘들 정도로 애처롭고 애걸하는 표정을 짓고 있었던 것이다. 대체 왜일까.

새로 온 소년은 눈치채지 못한 것 같았다.

"그럼 남자애는 너 혼자야? 누구 다른 사람은 없어?"

피터가 소년의 얼굴을 꼼꼼히 살펴보았다. 그러다 일순간에 그의 표정이 흐려졌다. 갑자기 생기가 빠져나가는 것 같았다. 피터는 고개를 떨어뜨렸다.

"응?"

소년이 말했다.

"어…… 여자애가 하나 더 있어."

피터가 불분명한 목소리로 말했다.

"롤라야. 다른 사람은 아직 못 봤어."

"그렇다면 여자 셋에 남자는 둘뿐인 거네?"

소년이 씩 웃으며 피터의 어깨를 툭 치자 그가 움찔했다. 잠시 후 피터는 한숨을 뱉더니 다시 고개를 들었다.

"네…… 네 이름은 뭐야?"

피터가 물었다.

"올리버."

올리버가 비어 있는 계단으로 사뿐히 걸어가 앉아 뒤의 계단에 팔꿈치를 짚고, 다른 아이들을 둘러봤다.

"여자 셋에 남자 둘이라……."

올리버가 계속 말했다.

"그리고 지금까지는 아무도 어떻게 돌아가는지 모른다는 거지. 나까지 포함해서 말이야. 난 축구 연습을 하려고 막 탈의실에서 나가려는데, 그 사람들이 확성기로 내 이름을 부르며 사무실로 오라고 했어. 그래서 갔더니 눈가리개를 씌우고 여기로 데려다 놓은 거야. 이 미친 곳에다가!"

"우리 모두 똑같은 일을 당했어."

블라썸이 이어서 말했다.

"그리고 우린 모두 고아에다 열여섯 살이야."

"정말? 말도 안 돼! 나도 마찬가진데."

올리버가 잠깐 킥킥대더니 고개를 저었다. 애비게일은 그 점이 신경 쓰였다. 그는 모든 일을 너무 가볍게 생각하고 있었다. 왠지 진실해 보이지 않았다.

"내 생각엔 곧 있으면 그 사람들이 와서 우리를 데려갈 것 같아."

블라썸이 말을 이었다.

"내 말은 그래야 한다는 뜻이야. 난 여기 있을 사람이 아니야. 롤라라는 앤 그 사람들이 우리를 그냥 여기에 놔둘 거라지만, 걔한테나 그러겠지. 하지만—"

"하지만 그 애 말이 맞을지도 몰라."

애비게일은 블라썸의 말을 가로막고는, 그녀에게서 눈길을 돌려 올리버를 잠깐 본 후 말을 계속했다.

"이게 실수일 리는 없어. 완전히 미친 짓인 데다 우연의 일치가 너무 많잖아. 넌 그렇게 생각하지 않니? 난 정말 겁나. 여긴 너무…… 불편해. 다음에 무슨 일이 일어날지 누가 알겠어? 너, 너는 어떻게 생각해?"

"아직까진 별생각 없어. 이런 곳에서 누가 생각이란 걸 할 수 있겠어?"

올리버가 어깨 너머 아래쪽의 텅 빈 공간을 무심코 내려다보며 말을 이었다.

"그래도 여기가 1.6킬로미터짜리 입방체 모양이라는 건 장담할 수 있어!"

"하지만……."

피터가 말했다.

"하지만 그 사람들이 우리를 여기 오랫동안 놔두면 어떡하지? 난, 난 견딜 수 없을 것 같아. 내 말은…… 내 말은 여긴 기댈 곳도 없고, 안전한 곳이 전혀 없다는 뜻이야. 그, 그런 생각이 어쩔 수 없이 계속 나서……."

피터가 말을 멈췄다.

애비게일은 피터가 한 번에 그렇게 말을 많이 하는 걸 처음 보았다.

"그런 생각이라니 무슨 말이야? 말해봐, 괜찮아."

올리버가 말했다.

"난…… 자꾸 떨어져버릴 것 같아."

피터가 발아래를 내려다봤다.

"그래, 누군 안 그러겠어? 그래도 네가 원하지 않는 한, 그리고 누군가 널 밀어버리지 않는 한 떨어지지는 않을 거야. 나는 널 밀어서 떨어뜨릴 생각이 없어. 그리고 이 여자애들도 널 밀어버리고 싶지는 않을 거야. 애들이 그럴까?"

올리버가 말했다.

"롤라라면 밀어버리든 말든 난 상관 안 해."

블라썸이 작게 웅얼거렸다.

"참, 그런데 그 롤라라는 앤 어디 있는 거야?"

올리버가 물었다.

"화장실 찾으러 갔어. 음식을 주는 기계가 있다면 어딘가에 화장실도 있을 거라면서. 물도 있을 테고. 충분히 가능한 얘기야. 누군가 그 애랑 같이 갔으면 좋았겠지만, 난 걸어 다니느라 너무 지쳐서."

올리버가 애비게일을 보았다.

"네 이름은 뭐야?"

"애비게일이야."

애비게일은 올리버의 시선을 피하지 않으려고 애썼다.

"난 블라썸이야."

"블라썸, 흠……. 거기 있는 넌 이름이 뭐야?"

올리버는 아직도 애비게일을 바라보고 있었다. 대답이 없자 올리버는 피터의 얼굴로 시선을 돌렸다.

"난 피터."

"어…… 그럼 난 올리버, 애비게일, 피터, 블라썸, 그리고— 뭐더라, 말하지 마—롤라!"

올리버는 모든 일을 놀이로 만들어버리려는 것 같았다. 애비게일은 이런 상황에서 어떻게 저렇게 쾌활할 수 있는지 이해할 수 없었지만 어느새 그 사실을 받아들이고 그가 이끄는 분위기를 따라가고 있었다. 피터는 잠깐 실망한 표정을 지은 뒤 아까보다 더 조심하는 듯 보였는데, 개가 사람을 경계할 때와 같은 눈빛으로 올리버를 보고 있었다. 블라썸은 이제 나른한 표정으로 앉아 있었다. 애비게일은 블라썸이 올리버를 받아들였다는 느낌이 들었다.

"맞아, 롤라야."

블라썸이 한숨을 쉬며 말했다.

"개만 빼면 다들 착해."

잠시 동안 아무도 말을 하지 않았다. 애비게일은 블라썸이 그런 식으로 말하지 않으면 좋겠다고 생각했다. 다른 사람을 난처하게 만들 뿐만 아니라 무의미한 짓이었다.

"뭐 여하튼, 이제 우리 모두 여기서 지내게 됐잖아. 기다리는 동안 즐겁게 지내는 게 낫지 않을까?"

"그러려면 음식 나오는 기계를 작동시켜야 해. 올리버가 하면 될지도 몰라."

블라썸이 말했다.

"당연하지. 왜 안 되겠어? 우릴 굶기지는 않을 거야. 솔직히 내 생각엔 여기가 좀 재밌는 것 같아. 꼭 TV 오락 프로그램에 출연한 것 같잖아. 그냥 춤추고 노래하면서 놀면 되는 거 아닐까?"

올리버가 갑자기 일어서더니 계단참으로 뛰어 내려왔다. 그리고 팔을 벌리더니 작은 원을 돌면서 아이들을 한 명씩 보고 웃으며 노래를 부르기 시작했다.

"걱정이 사라지게 노래를 불러요."

올리버가 노래를 계속했다.

"행복한 작은 발걸음으로, 내 맘속의 우울한 생각이 가실 때까지 노래해요."

올리버가 갑자기 멈추더니 애비게일에게 손을 내밀어 일으켜 세웠다.

"너도 이리 와."

올리버는 애비게일의 손을 흔들며 앞뒤로 움직였다.

"쟤네들한테 쇼를 좀 보여주자고."

애비게일은 전에 한 번도 남자애하고 몸이 닿았던 적이 없었다. 약간 무섭고 당황스럽긴 했지만, 올리버의 손에서 전해지는 힘과 따스함이 묘하게 짜릿했다. 올리버는 다시 노래를 시작했다. 우스꽝스럽고 무의미한 가사에 모두 웃음을 터뜨렸고, 애비게일은 자신이 지금 어디 있는지조차 잊어버린 듯했다.

6

    나선형 계단을 올라가며 마침내 아이들의 목소리를 들을 수 있는 곳에 다다랐을 때, 롤라는 뭔가 이상하다는 걸 느꼈다.(어떻게 된 건지 위로 올라갔던 롤라가 아래쪽에서 올라오게 되었다.) 모두들 한꺼번에 떠들어대는 것처럼 재잘거렸고 웃음을 터뜨렸다. 웃다니, 배짱도 좋다! 롤라는 헤매 다니는 동안 복잡한 생각에 골몰했더니 전혀 웃을 만한 기분이 아니었다. 그런데 피터까지도 말을 많이 하는 것 같았다. 노래를 하는 것 같기도 했다. 롤라는 피터가 노래한다는 게 도저히 믿기지 않아 위에 있는 모르는 남자애가 부르는 거라고 생각하기 시작했다.

    롤라는 계단참의 구멍 바로 아래서 멈춰 섰다.

"행복하고 사랑스러운 햇살이 비치네, 내 사랑이여."

노래하는 소리가 들려왔다.

"구길리 구, 보피티 부. 이상한 꽃들이 내 사랑의 정원에서 자라나네. 사랑, 사랑, 내 사랑의 정원."

롤라는 어리둥절해 숨을 깊이 들이마시고 구멍으로 고개를 내밀었다. 새로 온 잘생긴 소년이 하나 있었다. 조각처럼 잘생겼지만, 장난꾸러기 같은 인상이었다. 그는 부끄러움도 없이 뽐내면서 바보 같은 노래를 부르고 있었고, 다른 아이들은 모두 그에게 푹 빠져 있었다. 특히 애비게일은 옆에 서서 소년의 손을 붙잡고 있었다. 그들이 즐기는 모습을 보자니 소외된 것 같아 기분이 안 좋았지만 거기 뛰어들거나 분위기를 망치기는 두려웠다.

그러나 올리버가 롤라를 알아봤다.

"롤라!"

그가 갑자기 노래를 멈추고 말했다.

"네가 롤라지, 그렇지? 즐거운 농장에 오신 걸 환영합니다!"

롤라는 두 걸음 만에 계단참으로 뛰어올라 올리버 바로 앞에 서서 그의 눈을 노려보았다. 롤라보다 적어도 10센티는 큰 올리버가 그녀의 격한 행동에 씩 웃음 지었다.

"그래, 내가 롤라야. 그리고 여긴 틀림없이 즐거운 농장인 것 같네. 도대체 뭐가 어떻게 돌아가는 거야?"

"우린 그냥 즐겁게 놀고 있을 뿐이야. 뭐가 문제야."

블라썸이 특유의 콧소리로 투덜대며 소리쳤다.

롤라가 허리에 손을 올렸다.

"누가 뭐래—"

"그래, 롤라는 문제가 있다는 말은 안 했어."

올리버가 블라썸을 보며 말했다. 블라썸이 올리버를 째려보았지만 그는 눈치채지 못한 것 같았다. 그는 다시 롤라를 돌아보며 말했다.

"내가 애들을 즐겁게 해주고 있었어. 기운 좀 내라고."

올리버가 상냥하게 설명했다.

롤라가 빠르게 아이들을 살펴봤다. 웃음이 싹 사라지고 없었다.

"아, 그래."

롤라가 말했다. 롤라는 아직 올리버의 바로 코앞에 서 있었다. 뭔가 좀 심술궂은 말을 하고 싶었다. 아이들의 재미를 망친 게 썩 즐거운 일은 아니었기 때문이다. 그녀는 잔소리꾼 꼰대가 된 기분이었다.

"그래."

롤라가 다시 말하고 아래를 내려다봤다. 그리고 미끄러지듯 올리버를 지나서 블라썸의 반대편에 있는 계단으로 갔다. 롤라는 거기 앉아서 담배에 불을 붙이고, 담배가 얼마 남지 않은 걸 애써 모른 척했다.

"왜 말이 없어?"

올리버는 한 사람 한 사람을 보더니 어깨를 가볍게 으쓱했다.

"왜 다들 얼굴이 축 처졌어? 재밌게 놀았잖아."

"롤라한테 물어보지그래? 분위기를 망쳐놓은 건 쟤니까."

이런, 젠장.

"그래, 롤라한테 물어보지?"

롤라가 담배를 입술에서 거칠게 떼어내면서 계속 말했다.

"롤라한테 물어봐, 그 애가 알 거야. 그 애는 우리가 어디 있는지 알 거야. 너희 중에 하나라도 그 미련한 머리로 일 초만 생각해봤어도 알 수 있었을 거야. 우리는 감옥에 있는 거야, 알겠니? 감옥. 이건 그냥 평범한 감옥도 아냐. 고문실이라고. 무슨 말인지 알겠어? 고문실. 하지만 우리 몸을 고문하는 건 아냐. 팔다리를 뽑는다든가 벌겋게 달군 칼을 손톱 밑에 쑤셔 넣는 것처럼 간단하고 직접적인 게 아니라고. 절대 아니지. 이건 더 지독해. 우리를 미치게 하려는 거야. 알겠니?"

롤라는 담배를 머리 위로 들고 흔들었다.

"이 짜증 나는 계단들은 아무 데로도 연결이 안 되어 있어. 평평한 곳도 없고, 벽도 없고, 숨을 곳도 없고, 나갈 길도 없고, 아무런 설명도 없어. 모르겠니? 이건 그 사람들이 일부러 만든 거야. 우리한테 써먹으려고 만든 거라고. 우리한테 뭔가를 하려는 거란 말이야. 너무 빤하잖아. 그런데 너희는 둘러앉아서 웃고 바보 같은 노래나 부르고 있어. 생각이란 걸 좀 해봐!"

롤라가 숨을 고르느라 멈췄다. 아이들은 마치 그녀가 정말 미친 것인 양 쳐다보고 있었다.

"그리고⋯⋯."

롤라가 말을 이었다.

"그리고 아, 맞아! 화장실을 찾았어. 아마 우린 거기서 나오는 물을 마셔야 할 것 같아. 다른 물은 못 찾았어."

잠시 아무도 말이 없었다. 새로 온 소년은 뺨에서 혈색이 빠져나가고 맥이 풀린 표정을 지었다. 하지만 금세 다시 기운을 차리고 화난 표정으로 뭔가 결심한 듯 롤라를 노려보았다. 농담을 할 분위기는 전혀 아니었다.

애비게일이 먼저 말했다.

"화장실? 정말 화장실을 찾았어?"

"응."

롤라가 자랑스럽게, 조금은 화가 누그러진 듯 말했다.

"하지만 네가 찾기는 힘들 거야. 저 거지 같은 다리들 중 하나의 한가운데 있어. 상상할 수 있는 최악의 장소야. 이게 무슨 뜻인지 모르겠어? 뭔가 느낌이 오지 않아? 우릴 불쾌하게 만들고, 겁주려는 게 아니라면 도대체 왜 화장실이 거기 있으며, 우리가 거기서 나오는 물을 마시게끔 만들어놨겠어?"

"내, 내 생각엔 네가 맞는 것 같아. 네 말이 틀림없이 맞을 거야. 그거 말곤 다른 이유가 없잖아. 그래도 우린 잠시 동안 잊고 있었어. 잠깐이나마 즐거웠다고. 그것뿐이야."

애비게일이 말했다.

"나도 알아."

롤라가 다시 누그러진 말투로 대답했다.

"미안해. 망칠 생각은 없었어. 그런데 이 모든 것들에 너무 화가 나서 그랬어."

"그래서 뭐? 이젠 다른 사람들도 다 화가 나버렸잖아"

아직도 롤라를 노려보며 서 있던 올리버가 말을 계속했다.

"우리가 뭘 하든 네가 비난할 권리는 없어. 넌 네가 무척 대단하다고 여기는 모양인데, 다른 여자애들처럼 그냥 신경질 부리는 계집애일 뿐이야. 우리가 네 말을 들을 필요는 없어."

이제 올리버도 롤라의 적이 되었다. 그리고 롤라는 블라썸에게 그랬듯이 조용히 스스로에게 저주를 퍼부었다. 그렇게 떠들어댄 것이나 올리버가 자신을 미워하도록 만든 것은 정말 바보짓이었다. 모든 상황을 점점 안 좋게 만들 뿐이었다. 하지만 그렇게 늦은 것만은 아닐 것이다. 신경질이라는 말이 아직 가슴에 맺혔지만, 애비게일이 인정해준 덕택에 자존심을 낮추고 차분해질 수 있었다.

"알아. 그렇게 화낸 건 잘못이야. 하지만 아무도 지금 상황이 얼마나 심각한지 모르는 것 같아서 실망스러웠어. 그래도……."

롤라는 자존심을 최대한 바닥까지 낮추고 말을 이었다.

"그래도 너희가 잘한 것 같아. 미련하다고 말했던 거 미안해."

롤라가 한숨을 쉬었다.

"모두들 계속 기분 좋게 지내는 건 중요하니까."

올리버가 툴툴거리더니 돌아서서 음식 기계로 향했다.

"아, 누구 저 기계 다시 작동시킨 적 있니?"

롤라가 물었다.

"아니."

블라썸이 심술궂은 말투로 답했다.

"아무도 안 해봤어."

"그럼 지금 내가 해볼게. 갑자기 배가 고프네."

올리버가 말했다. 그리고 다들 시도해봤다. 한 명씩 돌아가며 대답 없는 반구 위에서 발버둥 쳤다. 그동안 다른 아이들은 점점 고파지는 배를 움켜쥐고, 윙 소리와 딸가닥 소리가 나기만을 조바심치며 지켜봤지만, 그 소리는 나지 않았다. 결국 그들은 지쳐 조용히 각자의 계단으로 물러났다. 올리버는 피터의 위쪽에 앉았다. 모두들 말할 기력도 없어서 한동안 앉아 있었다. 그러다 마침내 하나둘씩 눈을 감기 시작했다.

7

잠에서 깨어난 블라썸은 잠시 자신이 어디 있는지 잊어버렸다. 하얗게 빛나는 불빛이 가득했고, 날카로운 무언가가 등을 아프게 누르고 있었다. 하지만 그중에서도 가장 기이하고 불쾌한 것은 끔찍한 허기였다. 블라썸은 그 허기를 견딜 수 없었다. 배고픔을 해결해야 했다.

그러자 지금까지의 일이 모두 떠올랐다. 눈가리개며 계단, 롤라를 증오하던 일 등 모든 것들이. 롤라를 증오하는 일. 블라썸은 그것에 집착했다. 증오는 너무나도 중요하고 꼭 필요한 일이었다. 롤라의 혐오스러움을 파악해 다른 아이들이 피해를 입지 않도록 알리는 것은 자신의 의무라 할 수 있었다.

"음⋯⋯."

눈을 뜨고 앉은 롤라가 탁한 소리를 냈다.

올리버가 앉아서 기지개를 켰다.

"안녕. 우리 아직도 여기에 있네, 그치?"

올리버가 하품을 했다.

애비게일은 눈을 감고 계단에 몸을 웅크리고서 좀 더 자려고 애썼다. 피터의 눈도 감겨 있었다. 턱을 가슴에 파묻은 채였다.

블라썸은 뭔가 다른 느낌이 들기 시작했다. 배고픔만큼이나 불편한 느낌이었다. 롤라에게 도움을 청해야 한다는 건 끔찍했지만, 다른 방법이 전혀 없었다.

"어⋯⋯."

블라썸이 말했다.

"어, 저기 있잖아—네가 찾았던 거기로⋯⋯ 가려면 어떻게 해야 돼?"

"아."

롤라가 답했다.

"화장실 가고 싶은 거지?"

"그래, 너밖에 아는 사람이 없잖아."

"좋아."

롤라가 주변을 돌아보며 말했다.

"누구 같이 갈 사람 있어?"

"난 여기서 꼼짝 않고, 잠자는 미녀들을 지켜야 할 것 같은데."

올리버가 말을 이었다.

"나중에 어떻게 가는지 말해줘. 그럼 찾아갈 수 있을 거야. 난 여기서 기계를 다시 작동시켜볼게."

"자, 그럼 가자."

롤라가 중얼거렸고, 둘은 출발했다.

롤라는 빠르게 움직였다. 블라썸은 곧 숨이 턱에 찼다. 허벅지가 서로 스치며 끈적거렸고, 더러워진 치마가 짜증스럽게 무릎에 부대꼈다. 롤라는 이제 저 멀리 앞서 갔고, 블라썸은 어설픈 느림보가 된 기분이었다.

그때 앞서 가던 롤라가 계단참에 멈춰 섰다. 그녀는 어느 쪽으로 가야 할지 결정하려는 것처럼 좌우를 살폈다. 블라썸은 그녀를 따라잡으려 서둘렀다. 헐떡거리며 계단참에 도착했을 때는 이마가 땀에 젖어 있었다. 롤라는 아직 움직이지 않고 있었다.

"뭐가 문제야?"

블라썸이 숨을 헐떡이며 물었다.

"화장실이 어디 있는지 벌써 잊어버린 거야?"

"아니. 잊지 않았어."

롤라가 돌아보며 말했다.

"난 그냥 어디로 가는 게 가장 좋을지 결정하려던 것뿐이야. 내 방식이 싫으면 그냥 네가 찾아. 네 태도는 정말 지긋지긋해. 왜 자꾸 신경 거슬리게 하는 건데? 도대체 왜 사사건건 시비를 거느냔 말이야!"

"난—"

블라썸이 입을 열었다. 조심해야 했다. 롤라를 싫어하는 마음을 너무 노골적으로 드러낸 것이 실수였음을 이제는 알았다. 이 상황을 되돌려놓아야 한다. 롤라가 자신을 믿어야만 그녀를 누를 수 있는 힘을 가지게 될 테니까.

"난 그냥…… 네가 처음 왔을 때 겁주고 못되게 굴었잖아. 그래서 그런 거야."

롤라는 자기 이마를 탁 치고는 눈동자를 굴렸다.

"넌 아직도 그걸 생각하고 있었단 말이야? 그런 바보 같은 일을 뭐하러 그렇게 오래 기억해?"

'난 절대로 잊지 않을 거야.'

블라썸이 생각했다.

"지난번에도 말했지만 난 그때 음식을 걱정했을 뿐이야."

롤라가 계속 말했다.

"이제는 내가 말하는 투에 익숙해질 때도 됐잖아. 그때 그런 건 아무 의도도 없었어."

롤라가 고개를 젓더니 말을 이었다.

"너도 알다시피, 우린 정말 곤란한 곳에 와 있잖아. 넌 상황을 더 나쁘게 만들고 있어."

"으응…… 네 말이 맞는 것 같아."

블라썸은 잘못을 뉘우치는 것처럼 말하려 애썼다.

"나도 그럴 의도는 없었어. 그냥 네가 나한테 대장 노릇 하는 게 싫었을 뿐이야."

"자, 그럼 이걸로 된 거지?"

롤라가 블라썸을 살펴보며 말했다.

"응, 그래."

블라썸이 재빨리 고개를 끄덕거리고 입을 오므리며 말했다.

"그럼 이젠 다 지나간 일로 치자. 난 또 그 얘기가 나오면 못 참을 것 같아."

"네…… 네가 참지 않을 거라는 거 잘 알아. 어쩌면 난 네가 그만 하라고 말하길 기다렸는지도 몰라."

블라썸이 부드러운 목소리로 말했다.

"그래, 이제 말했으니까 됐지. 그리고 한 가지 더. 누군가는 여기 서 대장 노릇을 해야 돼. 거기에 익숙해지는 게 좋을 거야. 누군가 는 대표 역할을 해야 할 테니까 말이야. 대표가 없다면 우린 아무 것도 못 할 거야. 꼭 내가 대표가 되어야 한다는 소리는 아냐. 하지 만 대표가 한 명은 있어야 돼."

한숨 돌린 블라썸의 기지가 돌아왔다. 블라썸은 롤라가 꺼낸 말 을 덥석 물었다.

"내 생각엔 네가 하는 게 좋겠어. 다른 누가 대표 역할을 할 수 있겠어? 피터는 안 되지, 애비게일도 안 되고, 나도 아냐. 남은 건 너하고 올리버밖에 없잖아. 그런데 올리버는…….”

“응? 올리버가 왜?”

“걔는 좀 이상한 것 같아.”

블라썸이 손가락으로 머리카락을 비비 꼬면서 생각에 잠겨 말했다.

“그렇게 춤이나 추고 바보 같은 노래나 부르고 그러잖아…….”

“너도 재밌어하는 것 같던데?”

롤라가 의심스러운 듯 실눈을 뜨고 쳐다봤다.

“응, 그건 뭐…….”

‘조심해야 돼.’

블라썸이 되뇌었다.

“내 기억이 맞다면, 그 애 편을 들었던 건 바로 너잖아.”

“그땐 너한테 화나 있었으니까 그랬지. 지금은―”

“너 화장실 안 갈 거야?”

롤라가 몸을 돌리며 말했다.

“이쪽이야.”

그리고 롤라는 계단을 오르기 시작했다.

블라썸은 롤라를 한 대 차주고 싶었다. 다른 아이들이 롤라에게 등을 돌리게 할 뭔가를 찾아내야만 한다.

앞서 나가던 롤라가 몸을 숙이더니 계단에서 뭔가를 집어 들었다. 천 조각 같았다. 롤라는 이 사이로 휘파람을 불면서 블라썸을 기다렸다. 그리고 블라썸이 도착하자 돌아보며 웃음을 지었다.

"이제 거의 다 왔어. 이거 보여? 어제 내가 표시해놓으려고 셔츠를 찢어서 놨던 거야."

"아, 그래."

이렇게 헷갈리는 곳에서 영리한 행동이었다. 하지만 적의 장점을 알게 된 블라썸으로서는 짜증이 났다. 그래도 자신의 역할을 기억해내고 말했다.

"너 정말 똑똑하다! 나라면 그런 생각 못 했을 거야."

"솔직히 말하면 나도 생각 못 할 뻔했어. 사실—"

블라썸의 얼굴을 보더니 롤라의 얼굴에서 미소가 빠르게 사라졌다.

"어쨌든 난 이거 없이도 길을 찾았을 거야."

롤라의 목소리가 다시 방어적으로 변해 있었다.

"이 천 조각은 다른 애들을 위해서 여기다 둬야겠어."

'롤라는 아직도 나를 믿지 않아.'

블라썸이 롤라를 따라 다시 계단을 올라가면서 되뇌었다.

'롤라가 나를 믿게 해야 해. 하지만 어떻게?'

희생이 따르기는 했지만, 블라썸은 결국 성공했다.

롤라가 말한 화장실은 좁은 다리 위에 있었는데, 끊임없이 물이 흘러 내려가는 조그마한 구멍이었다. 화장실에 가는 것도 힘들었지만, 그 물을 마시는 건 더 힘든 일이었다. 블라썸은 화장실을 이용하는 동안 좁은 다리를 붙잡고 불안정하게 쭈그리고 앉았다. 롤라가 예의 바르게 눈을 돌리기는 했지만 부끄러웠다. 롤라가 다른 데를 보고 있는지 확인하려고 돌아봤을 때, 그녀는 마치 지금까지 쭉 지켜보며 웃기라도 한 것처럼 능글맞은 미소를 띠고 고개를 획 돌리는 것 같았다. 화가 치밀어 올랐다. 나중에 이 모욕감을 되갚아주기 위해 증오심을 억누르고 롤라를 훔쳐보려 고개를 돌리자, 롤라가 손을 흔들며 소리쳤다.

"경치 어때?"

하지만 다시 출발할 때가 되자 롤라는 이전보다 더 진지하게 말했다.

"내가 여기다 표시를 남겨놨어도 다른 애들이 찾으려면 좀 힘들 거야. 아래에서도 이 다리에 화장실이 있다는 걸 알 수 있게 표시를 남겨두면 좋을 텐데 난 아무것도 없어. 벌써 셔츠를 찢어서 놔뒀잖아. 어쩌면 음…… 네 치마의 주름 장식을 다리에 걸어두면 멀리서도 쉽게 보이지 않을까?"

블라썸의 치마? 하지만 이 치마는 블라썸이 가장 좋아하는 옷이다. 생각할 수도 없는 일이었다. 어떻게 이 밉상은 그런 요구를 할 수 있을까? 블라썸이 날카로운 목소리로 소리쳤다.

"걔네들은 알아서 화장실을 잘 찾을 거야! 왜 내가—"

롤라의 표정을 본 블라썸이 말을 멈췄다. 롤라는 입을 다물고 고개를 끄덕거리더니 옆으로 시선을 돌렸다. 그건 마치 '네가 그렇게 말할 줄 알았어. 이 속물 이기주의자야.'라고 말하는 것 같았다. 블라썸은 온 힘을 짜내서 이성적으로 생각하려 했다. 피할 방법은 없다. 결국 주름 장식을 뜯어낼 수밖에 없을 것이다. 이건 단지 롤라에게 자신에 대한 생각이 틀렸다는 것을 보여주기 위한 차원의 문제만이 아니다. 만일 자신이 희생하지 않는다면 롤라는 절대로 자신을 믿어주지 않을 것이다. 블라썸은 숨을 깊이 몰아쉰 후, 치맛단을 치켜들었다. 블라썸은 차마 손을 똑바로 보지도 못하고 치마 끝에 달린 주름 장식을 한꺼번에 뜯어냈다. 그리고 끊어진 원형의 주름 장식에서 발을 빼내며 (지금 이 상황을 못 믿겠다는 듯이 지켜보고 있는) 롤라를 노려보고는, 주름 장식의 한쪽 솔기를 뜯어내서 하나의 긴 조각으로 만들었다.

"자, 여기."

블라썸은 씨근거리며 말을 뱉고 천 조각을 롤라에게 건넸다.

롤라는 잠시 혼란스러워하는 것 같았다. 손에 덜렁거리는 천 조각을 쥐고 서서, 고개를 옆으로 갸웃하며 실눈을 뜨고 블라썸을 보던 롤라가 마침내 입을 열었다.

"사실, 네가 이렇게 할 줄은 생각도 못 했어."

"나…… 나도 하기 싫었어."

블라썸은 롤라의 반응에 기뻐하며 말을 계속했다.

"그래도 네 말이 맞잖아. 여기서 치마가 다 무슨 소용이겠어?"

그리고 블라썸은 잠깐 슬퍼 보이길 바라는 몸짓을 하고는, 망가진 치맛단을 들고 애석해하는 눈빛으로 바라보았다.

"이게 큰 도움이 될 거야. 정말로. 모두들 고마워할 거야."

롤라는 이렇게 말하고, 재빨리 몸을 틀어 다리로 뛰어 올라갔다. 그리고 천의 한쪽 끝을 다리에 묶어서 1미터쯤 길이로 매달아 놓았다. 바람이 없어서 나부끼지는 않았다.

그 후, 블라썸은 자신에게 필요한 모든 것을 아무런 어려움 없이 쟁취할 수 있었다.

8

아이들이 일어난 후 몇 시간이 흘렀다. 그동안 내내 기회가 될 때마다 기계를 작동시키려 해봤다. 아이들은 전날 오후부터 아무것도 먹지 못했기 때문에 배가 고팠고, 점점 안달이 났다. 하지만 기계는 아직도 반응이 없었다.

"고집불통 같은 새끼!"

올리버가 욕을 했다. 그는 숨이 턱에 찼다. 코에서는 땀방울이 떨어지고, 티셔츠는 가슴에 짝 달라붙어 있었다. 아침도 먹지 못하고 이도 닦지 못한 채 기계와 씨름을 하는 건 그리 즐겁지 않았다. 그래도 그는 끊임없이 시도했다. 어느 때보다도 배가 고팠지만 그 때문이 아니더라도 그는 간절히 이 기계를 작동시키고 싶었다.

어쨌든 이 일에 다른 아이들과의 관계가 어떻게 될 것인지가 달려 있었다.

"욕해봤자 좋을 건 하나도 없어."

블라썸이 심술궂은 말투로 말했다. 블라썸은 자기 계단의 바닥에 등을 구부리고 앉아서 기계를 뚫어져라 보고 있었다.

"그럼 네가 해봐."

올리버가 손등으로 이마를 훔치고 자리에 앉았다. 그는 뚱뚱한 여자애가 반구에 몸을 굽히고 혀를 내미는 걸 백 번도 더 봤다. 올리버는 블라썸이 우스꽝스러워 보여서 야유를 보내고 싶었다. 하지만 이 여자애가 마음에 들지 않더라도 왠지 그녀와 보조를 맞춰야 할 것 같은 느낌이 들었다.

롤라는 자신의 계단에 앉아 블라썸을 쳐다보며 안절부절 손톱을 물어뜯고 있었다. 롤라는 가끔 셔츠 주머니에 있는 담뱃갑을 찾다가 다시 손을 재빨리 입으로 가져갔다. 그녀는 올리버가 지금까지 알아온 (그렇게 많이 아는 것은 아니지만) 여자애들하고는 달랐다. 그래서 조금 불편했다. 롤라는 지금까지 다른 여자애들이 보였던 반응을 전혀 보여주지 않았다. 미소만 지어도 말을 더듬거나 얼굴이 빨개지곤 하는 다른 여자애들과 달리 자신의 힘이 전혀 미치지 못하는 느낌이었다. 그래서 그녀를 어떻게 대해야 할지 알 수가 없었다. 화장실을 발견한 사람이 롤라라는 것도 마음에 안 들었다. 모든 게 롤라를 대표 자리로 몰아가고 있었다. 그건 그가 간절히 바라던 자리였다. 그게 바로 음식 기계를 작동시키는 사람이 바로 자신이어야 하는 이유이며, 롤라를 괘씸하게 생각하는 이유이기도 했다.

그렇지만 적어도 애비게일과 피터가 있다! 올리버는 애비게일과의 사이에서는 자신의 위치가 어디쯤인지 알고 있다고 생각했다. 애비게일은 올리버가 여자애들에게 기대하는 그대로 행동했다. 게다가 여기에는 어른들도 없지 않나! 올리버는 그동안 한 번도 여자애와 단둘이 있어본 적이 없었다. 무슨 일이 일어날 수 있을지 생각하는 것만으로도 몹시 흥분되었다. 물론 약간 겁이 나기도 했지만 말이다.

올리버가 계단에서 움직이자 피터가 눈을 동그랗게 뜨고 올려다보았다. 피터가 자신을 보자마자 맹목적으로 따르리라는 건 예상하지 못했지만, 올리버는 상관하지 않았다. 자신을 엄청나게 존경하는 듯 바라보는 누군가가 있다는 것은 올리버에게 자신감과 힘을 주었다. 하지만 그 밑바탕에는 피터의 무엇인가가 자신을 갉아먹고 있었다.

올리버는 고개를 젓고 혼자 미소 지으며, 모든 아이들이 어떤 식으로든 조금씩은 다 자신의 신경을 건드린다는 불편한 사실을 웃음으로 넘겨버리려 했다. 어제 롤라가 뭐라고 소리쳤었지? 그 사람들이 우리를 감옥에 넣고, 고문해서 미치게 만든다고 했던가? 좀 억지스럽기는 했지만, 다른 한편으로 각각이 어떤 특정한 목적

아래 선택되었을 가능성도 있기는 했다…….

올리버는 다시 고개를 젓고, 애비게일을 내려다보며 미소를 지었다. 그는 이런 식으로 생각하는 게 익숙하지 않았기에 즐겁지 않았다.

애비게일이 어딘가 활기 없는 미소로 올리버에게 답했다.

그 순간 블라썸이 그들을 향해 돌아서며 올리버의 표정을 보았다.

"날 비웃는 거야?"

블라썸이 계단참 바닥에서 일어나 자기 계단으로 돌아가 털썩 주저앉으며 물었다.

"어떻게 날 비웃을 수가 있어? 너희가 앉아 있는 동안 이걸 작동시켜보려고 갖은 애를 쓰고 있는데, 너희는 그걸 웃고 놀리고……."

"아냐, 아냐!"

올리버가 손을 저으며 블라썸을 진정시켰다.

"진정해. 난 애비게일을 보면서 웃었던 거야. 웃지도 못해?"

"웃을 일이 뭐가 있어? 우린 이 감옥에 갇혀 있고, 이젠 음식 기계조차 작동을 안 하는데."

롤라가 경멸하듯 반구를 가리키며 말을 계속했다.

"이건 그냥 우릴 가지고 논 거야. 뭔가 기대하게 만들었다가 빼앗아버린 거지. 그래도 난 담배가 있어!"

롤라는 반항적으로 덧붙이며 담뱃갑에서 담배를 꺼내 물고 재빨리 불을 붙였다.

"누가 너한테 뭐래? 우리는 복도 순찰대가 아냐."

"아, 누가 너보고 순찰대래?"

롤라가 지겹다는 듯이 말했다.

올리버는 더 이상 참을 수 없었다. 이 모든 답답한 것들과 쓸데없는 말다툼으로부터 도망치고 싶었다. 애비게일과 함께 도망가고 싶었다.

"저기, 애비게일."

올리버는 애비게일이 그와 함께 이곳에서 벗어날 정도로 용감할 것 같지는 않아 약간 어색하게 말했다.

"음…… 우리 좀 둘러보러 갈까? 어딘가에 작동하는 음식 기계가 있을지도 모르잖아."

애비게일은 아래를 내려다보았다.

"아……."

애비게일이 웅얼거렸다. 그리고 잠시 기다리다 말했다.

"음…… 그래, 좋아."

마침내 애비게일이 일어서더니 수줍은 미소를 지으며 대답했다. 그녀의 얼굴이 붉어졌다.

"자, 이리 와."

올리버가 재빨리 말했다. 이제 애비게일이 승낙했으니, 다른 누군가가 따라가겠다고 하기 전에 가능한 빨리 그녀를 데리고 떠나고 싶었다.

"가자."

올리버는 계단참으로 뛰어내려 애비게일이 있던 계단으로 가서 그녀의 등을 살짝 밀었다. 두 아이는 다른 아이들을 돌아보지도 않고 출발했다.

애비게일은 계속 부끄러워하며 계단을 올라가는 내내 발끝만 내려다보았다. 그전에는 남자애와 단둘이 있어본 적이 한 번도 없었다. 모든 정부 시설에서는 아이들을 성별에 따라 엄격하게 분리했으므로 이상한 일도 아니었다. 십 대가 되면 서로 익숙해질 수 있도록 가끔 같이 수업을 듣기도 했지만, 남녀가 지나치게 자유롭게 어울리는 건 위험하다고 어려서부터 교육받았다. 결혼할 예정이 아닌 남녀가 너무 친밀한 관계가 되는 건 비도덕적인 일이었다.

그렇지만 사람은 감정이 있기에 배운 대로만 행동하지는 않는다. 애비게일이 약간 걱정하는 것 같긴 했지만 그의 초청에 적극적으로 응한 것은 그녀도 금기에 도전하는 데 관심이 있다는 뜻이었다. 그런 생각을 하자 올리버의 심장이 빠르게 뛰었다. 하지만 그는 그때까지도 무엇을 해야 할지 몰랐다.

"그, 그런데…… 도대체 무슨 일이 벌어지고 있는 걸까?"

마침내 애비게일이 입을 열었다.

"너도 어젠 게임 하는 것 같더니, 오늘은 아닌 것 같아."

올리버는 고개를 숙여 걱정스러워하는 애비게일의 얼굴을 보았다. 무력한 그녀를 보자 뭔가 예전에는 알지 못했던 흥분감이 솟았다. 그건 사실이었다. 더 이상 게임이라고 생각하지도 않았고, 사실 약간은 겁이 났다. 그러나 그는 그녀에게 끝까지 솔직한 감정을 인정하지 않을 것이다. 그의 힘은 우월감에서 나오기 때문이다.

"불안해하지 마. 괜찮을 거야."

좁다란 계단참에 도착한 둘은 걸음을 멈췄다.

"난 보통은 불안해하지 않아."

애비게일이 바닥을 내려다보면서 말을 이었다.

"차분한 편이지. 나를 아는 사람들은 나보고 감정이 없는 애 같다고 해. 잘 드러내지 않으니까. 하지만 나도 감정이 있어. 그리고 때로는…… 감정이 무척 강해지기도 해."

"내…… 내가 보기에도 그런 것 같아."

올리버가 쉰 소리로 말했다. 여자애와 단둘이 감정과 같은 내밀한 이야기를 하고 있는 이 상황이 점점 더 참기 힘들어졌다. 올리버는 숨이 가빠졌다. 애비게일이 갑자기 고개를 치켜들어 그녀의 얼굴이 바싹 다가왔다. 애비게일의 눈이 동그래졌다. 그리고 동시에 올리버 속에 있던 무언가가 그를 덮쳤다. 이제는 무엇을 해야 할지 모른다는 건 문제가 되지 않았다. 그의 손이 저절로 뻗어나가 애비게일을 붙잡았다. 그리고 고개를 숙여 애비게일에게 입을 맞추었다.

아, 정말 이상하고 짜릿하고 야릇했다! 다른 사람과 입술을 맞대기는 그도 처음이었다. 그 느낌이 온몸을 뚫고 지나갔다. 그녀의 입술은 처음에는 뻣뻣하고 메말랐으나 곧 부드러워지면서 살짝 벌어졌다. 그녀는 올리버에게 기대며 손으로 그의 등을 감쌌다.

그 순간 올리버는 애비게일을 밀쳐냈다. 아까와는 완전히 다른 느낌이 그를 휘감았다. 부끄러웠다. 여자애에게 지나치게 친밀하게 군 것과 잘못된 행동이 부끄럽고 몹시 당황스러웠다. 하지만 그보다 더 심한 것은 끔찍한 부담감이었다. 올리버가 그렇게 만진 것이 애비게일에게는 어떤 의미일까? 지금 애비게일은 그에게서 무엇을 기대하고 있을까? 과연 그는 그녀의 기대에 부응할 수 있을까? 애비게일은 올리버가 갑자기 밀쳐내자 놀라서 그를 쳐다보고 있었다. 올리버는 애비게일의 벌어진 입술과 멍하게 반쯤 뜬 눈을 보고, 그녀가 아직도 입맞춤을 하고 싶어 한다는 사실을 눈치챘다. 올리버는 무뚝뚝하게 몸을 획 돌렸다.

"뭐가 문제야? 내가 뭘 잘못했니? 올리버! 무슨 일이야? 뭐라고 말 좀 해봐."

애비게일이 말했다. 올리버는 눈을 감고 고개를 저었다.

"난…… 네가 하고 싶어 하는 줄 알았어. 네가 시작했잖아. 사람들은 여자애들이 그러면 남자애들은 무시하기 마련이라고 했지만 여기서는 다를 줄 알았어. 아, 올리버, 뭐가 문제인지 얘기 좀 해봐!"

"우리…… 그냥 돌아다녀 보자."

올리버는 말을 하면서도 애비게일을 바라보지 않았다.

"다른 음식 기계가 더 있을지도 몰라."

그 뒤로는 애비게일도 더 이상 묻지 않았다. 둘은 한 시간쯤 말도 나누지 않고 서로의 눈을 피하면서 돌아다녔다. 올리버는 돌아다니는 동안, 애비게일의 입술이 닿았을 때와 팔로 자신의 등을 감싸 안았을 때의 느낌을 떠올렸다. 그 기억이 점점 강해지면서 부끄러움과 두려움이 잊혀지기 시작했다. 그는 금세 애비게일과 다시 입맞춤을 하고 싶어졌다.

"애비게일."

올리버가 계단 중간쯤에 멈춰 서서 불렀다.

애비게일은 그를 돌아보며 우울하고 체념한 목소리로 말했다.

"우리 이제 돌아갈래? 거기서 무슨 일이 생겼을지도 모르잖아."

"그래."

올리버가 한숨을 쉬고는 적절한 말을 찾았다.

"할 말이 있어. 내가 이상한 짓을 했다면 사과할게."

올리버는 다시 이야기를 멈췄다. 진짜 이유를 말해줄 수는 없었다. 그건 남자로서 부끄러운 일이었다.

"너와는 상관없어. 그냥…… 무슨 생각이 나서 그런 거였어."

"정말이야? 난 네가 날 좋아하지 않는 줄 알았어. 있잖아, 꼭 날 좋아할 필요는 없어. 진심이 아니라면 나한테 잘해주지 않아도 돼."

"난 정말로 널 좋아해."

올리버가 단호하게 말하더니 갑작스레 대화를 끝내려 했다.

"하지만 다른 애들한테 돌아가는 게 좋겠다. 가자."

둘은 내려가기 시작했다. 갑자기 애비게일이 작게 비명을 지르며 멈춰 섰다. 아래쪽에서 빨간 불빛이 하얀 계단들의 표면에 반사되어 켜졌다 꺼졌다 하며 번쩍였다. 그리고 동시에 속삭이는 목소리가 주위에 가득 찼다.

9

"걔네가 음식을 찾아서 빨리 가져오면 좋겠다."

블라썸이 올리버와 애비게일이 사라진 위쪽의 흰 공간을 쳐다 보면서 손을 비비 꼬았다.

"지금쯤 딱 점심시간일 거야."

"걔들이 정말 음식을 찾으러 갔을까?"

롤라가 생각에 잠긴 듯 말했다.

"그게 무슨 말이야?"

"글쎄, 나도 모르겠어. 넌 남자애랑 단둘이 있으면 어떨지 궁금 하지 않니?"

"뭐라고?"

블라썸은 충격받았다.

"그러니까 너는…… 그건 사악하고 위험한 짓이야! 걔들이 너한테 그렇게 말했어? 왜—"

피터는 눈을 감았다. 아이들의 대화에 흥미가 없었다. 어쨌든 그처럼 순진한 아이는 이해할 수도 없었다. 그는 올리버에 대해 생각하고 싶었다. 마치 재스퍼가 다시 돌아온 것 같았다.

그러자 정반대의 생각이 바로 떠올랐다. 정말로 재스퍼가 다시 돌아왔다고 보기엔 너무나 많은 것이 달랐다. 피터의 기쁨이 사그라지기 시작했다. 마음이 심란했다. 이를테면 올리버가 애비게일과 함께 가버린 일도 그랬다. 피터도 올리버와 함께하기 위해서라면 계단이나 다리를 용감하게 건널 수 있었다. 하지만 의심할 여지 없이 올리버는 그와 함께 가기를 원하지 않았고, 그렇게 거절당하는 건 무척 가슴 아픈 일이었다.

재스퍼와 있을 때는 그렇지 않았다……. 재스퍼……. 그 오래된 집. 재스퍼와 함께 쓰던 방. 그 모습이 쉽게 떠올랐다. 그런데 그 모습이 변해갔다. 방의 벽은 무지개 색으로 뒤덮였고, 가구들이 살아나 자비로운 마음으로 위로하는 말들을 속삭이며 그를 감싸주었다. 피터는 그 안으로 빠져들어 물결이 이는 따스한 물속, 무지갯빛이 어른거리는 곳에 누웠다.

하지만 갑자기 뭔가가 나타났다. 신경에 거슬리고 짜증 나는 것이었다. 무시해버리려 했다. 그러나 사라지지 않았다. 뭔가 불빛이 번쩍이고 이상한 소리가 들리더니, 여자애 하나가 소리를 질렀다. 피터는 내키지 않았지만 눈을 떴다.

음식 기계였다. 보통 때는 흐릿한 빛을 내는데, 지금은 눈이 부실 정도로 강렬하고 밝은 빨간 불빛이 번쩍였다. 그리고 주위에서 보이지 않는 속삭이는 목소리들이 알아들을 수 없는 말을 웅얼거렸다.

블라썸은 발작적으로 펄쩍펄쩍 뛰어오르며 기계를 가리켰다.

"이게 왜 이러지? 이게 왜 이러는 거냐고?"

블라썸은 소리를 지르다가 멈추고 미친 듯이 혀를 내밀었다.

"이게 작동하려나 봐, 작동할 거야. 우리가 뭘 어떻게 해야 되지?"

롤라도 펄쩍 뛰며 일어서더니 기묘한 눈으로 피터를 바라봤다.

"피터."

이상하리만치 작은 목소리였다.

"피터, 무슨 일 있니? 거기 앉아서 불빛을 본 지 일 분도 넘었는데 그게 번쩍이는지도 모르는 것 같잖아."

"뭐?"

피터가 중얼거렸다.

"내가 계속 보고 있었다고? 하지만…… 난 잠들어서 꿈꾸고 있었는데. 눈을 감고 있었단 말이야."

롤라가 가만히 서서 피터를 내려다보았다.

"넌 눈을 뜨고 있었어."

롤라가 여전히 속삭이듯 말했다.

"피터, 넌 눈을 크게 뜨고 있었다고. 내내 말이야."

"그깟 눈이 무슨 상관이야!"

블라썸이 소리를 꽥 질렀다.

"이 소리가 뭐라는 거지? 우리가 뭘 해야 하는지 말해주는 걸 거야. 어떻게 해야 기계를 작동시킬 수 있는지 말해주는 걸 거라고! 뭔가 해야 돼!"

"그 애들이…… 그 애들이 떠난 지 얼마나 됐어?"

피터가 블라썸의 말을 무시하고 물었다. 오싹한 두려움이 스멀스멀 목 뒤로 기어 올라왔다. 피터의 짐작으로는 아이들이 떠난 것은 약 십오 분 전쯤이고, 불빛은 겨우 몇 초 전부터 번쩍인 것 같았다.

"두 시간쯤 됐어."

롤라가 피터를 응시하며 대답했다.

"너희는 왜 그러고 서 있어! 뭔가 해보란 말이야. 이건 마지막 기회일지도 몰라!"

속삭이는 목소리들은 무슨 말을 하고 있는 걸까? 피터는 자리에서 일어나, 방금 전 롤라가 했던 말을 생각하지 않으려 애쓰며 이 목소리의 의미를 궁금해했다. 같은 말을 계속 반복하는 듯했으나 한목소리로 얘기하는 게 아니라 단어들도 불분명하고 뚜렷하게 들리지 않았다. 백 명쯤 되는 사람들이 입에 솜을 틀어막고 같은 말을 제각기 다른 속도로 속삭이는 것 같았다.

"알았다!"

블라썸이 소리쳤다.

"'음식이 곧 나온다. 음식이 곧 나온다.'라고 하는 거야! 들어봐, 너희도 들리지 않니?"

블라썸이 눈을 부릅뜨고 손뼉을 마주쳤다.

"아, 저 말이 맞았으면, 진짜면 좋겠다! 아무것도 못 먹은 지 너무 오래됐잖아."

"쉿!"

롤라가 블라썸에게 손을 흔들며 말했다.

"이제야 무슨 말인지 알겠다……. 넌 틀렸어."

그러더니 불쑥 말을 이었다.

"네가 말한 거하곤 전혀 달라. '파멸의 집 안에 벌거벗은 사람'이라는 말이라고. 확실해."

"왜 그런 소릴 하겠어?"

블라썸이 날카로운 목소리로 소리쳤다.

"그건 아무 뜻도 없는 말이잖아!"

블라썸이 피터를 향해 몸을 돌리며 말했다.

"너도 저 소리 들리지? '음식이 곧 나온다.'라고 하고 있잖아. 그렇지? 그렇지?"

피터는 고개를 저었다.

"나, 나한테는…… '올리버의 방에서는 조심해.'라고 들려."

"뭐라고?"

블라썸이 소리 질렀다.

"너희 둘 다 틀렸어. 저 목소리는—"

"저 목소리는 '파멸의 집 안에 벌거벗은 사람'이라는 말이야."

롤라가 끼어들었다.

"그게 바로 우리니까. 우린 이 미친 곳에 무력하게 있잖아. 그게 아니라면 적어도 저들은 우리가 스스로 무력하다고 생각하길 바라는 거야. 네가 음식에 대한 이야기라고 생각하는 이유는 네가 온통 음식 생각만 하기 때문이라고."

"그런 식으로 말하지 마!"

블라썸이 발을 구르며 소리쳤다.

"나한테 못되게 굴지 말란 말이야! 네가 오늘 아침 나한테 했던 말을 애들한테 폭로할 수 있다는 것만 기억해둬—"

"뭐라고? 도대체 무슨 소리를 하는 거야, 너—"

롤라가 블라썸에게 한 발 다가가며 말했다. 블라썸은 위에서 들리는 목소리와 서두르는 발소리 때문에 말을 멈췄다.

"—이 말 아니니? 이 소리 들려? '그녀가 자궁 속의 그를 잡아먹어 버렸다.'라고 말하고 있어."

"아냐, 이건 '접시가 숟가락하고 도망가버렸다.'는 말이야. 올리버, 정말이야."

애비게일이 헐떡거리며 말했다.

롤라는 블라썸을 돌아보며 위협적인 발걸음으로 다가갔다. 블라썸이 뒤로 물러났다.

"도대체 무슨 짓이야—"

잠시 동안 그들이 모두 움직이고 있었다. 롤라는 블라썸에게 다가가고, 블라썸은 물러났다. 올리버는 계단참에 뛰어내리고, 애비게일은 머리를 흔들며 올리버를 따라 계단참으로 내려왔다. 피터는 올리버를 반기려 무의식적으로 앞으로 나아갔다. 그리고 그 순간, 사방에서 웅얼거리며 속삭이는 소리를 뚫고 윙 소리와 딸가닥 소리가 바닥에서 또렷이 들려왔다.

그 즉시 배고픈 다섯 명의 눈이 번쩍이는 불빛 옆의 틈새를 주목했다. 틈새에서는 원형 막대가 아닌 겨우 한 입 크기밖에 되지 않는 공 모양의 자그마한 음식 덩이가 굴러 나왔다.

모두 단번에 그 공 모양의 덩어리를 향해 움직이기 시작했다.

"멈춰!"

롤라가 소리쳤다. 목소리가 워낙 긴급하고 단호해 모두들 제자리에 섰다.

"기다려! 움직이지 말고 들어봐."

그녀가 숨을 깊이 들이쉬더니 말했다.

"지금 거기 그대로 있어. 우리 중 한 사람이 기계를 작동시켰어. 누군지는 아무도 모르지만. 그렇지?"

아이들이 말없이 고개를 끄덕였다.

"그러니 거기 그대로 서서, 방금 했던 대로 해봐. 그래야만 방법을 찾을 수 있어. 음식은 집지 마! 우리가 어떻게 해야 기계가 작동하는지 알아낼 때까지 기다려!"

롤라는 다시 블라썸을 향해 걸음을 옮기고 블라썸은 물러났다.(바닥에 있는 작은 음식 덩이를 힐끗 훔쳐보지 않은 것은 아니다.) 올리버는 자기가 있던 계단으로 재빨리 돌아갔다가 다시 뛰어내렸다. 애비게일은 그 뒤에서 머리를 흔들었다. 그리고 피터는 다시 올리버를 향해 움직였다. 그러나 아무 일도 일어나지 않았다.

"다시!"

롤라가 소리쳤다.

"처음이랑 똑같이!"

그들을 둘러싸고 속삭이는 목소리는 광활하게 넓은 백색 공간에서 메아리쳤다. 빨간 불빛이 계속 같은 주기로 깜빡이고, 위쪽 수백 개의 계단에서 반사된 빛이 다시 그들에게 주기적으로 비치는 바람에, 그들의 움직임도 그 주기에 맞춰질 수밖에 없었다. 이제 아이들은 서로를 쳐다보면서 번쩍이는 불빛에 몸짓을 맞춰나갔다.

그러자 윙 소리와 딸가닥 소리가 들린 후 또 하나의 작은 음식 덩이가 계단참 위로 굴러 나왔다.

"다시! 처음이랑 똑같이!"

롤라가 소리쳤다.

그 순간 동작들은 하나의 춤이 되었다. 롤라와 블라썸은 서로를 마주 보며 불빛에서 멀어졌다. 그러다 윙 소리와 딸가닥 소리가 들리면 돌아오고, 기계를 다시 작동시키기 위해 불빛에서 멀어졌다. 올리버는 계단참으로 계속 뛰어내렸다. 애비게일은 그 뒤에서 머리를 흔들었다. 피터는 매번 올리버의 광대뼈에 반사된 빨간 불빛을 응시하며 그를 향해 움직였다가 다시 멀어졌다. 올리버 뒤에 있는 애비게일은 희미한 그림자 같았다.

이 흐름을 깨뜨린 건, 당연하게도 블라썸이었다.

"그만!"

블라썸은 숨을 헐떡이며 다시 동작에 들어가려는 롤라를 손으로 밀쳐내고, 갈색 덩이들이 쌓여 있는 곳으로 달려들었다.

"난 너무 배가 고—"

블라썸의 입이 음식으로 가득 찼다.

이번에는 다른 아이들도 달려들었다. 피터까지도. 잠시 동안 서로 밀어내고 움켜쥐며 야만적인 무질서가 펼쳐졌다. 모두들 숨이 턱에 찼다. 그럭저럭 아무도 계단참에서 밀려나지 않았고, 모두 적어도 몇 입은 먹었다. 하지만 겨우 허기를 살짝 면한 정도에 불과했고, 블라썸만이 다른 아이들보다 많이 먹었다. 고기는 지난번과 마찬가지로 아주 맛있었다.

음식이 다 떨어지자, 롤라가 손등으로 입을 훔치며 다른 아이들에게서 물러났다.

"네가 망칠 줄 알았어."

롤라가 아직도 숨을 약간 거칠게 쉬면서 말했다.

"누구? 나?"

바닥에 무릎을 꿇고 앉아, 누군가가 밟아 바닥에 납작하게 붙어 버린 음식 부스러기를 긁어모으던 블라썸이 고개를 들고 말했다.

"그래, 너!"

계속 이어지던 속삭임과 깜빡이는 불빛이, 롤라가 마지막 남은 담배를 꺼내자 갑자기 멈췄다. 갑작스러운 침묵이 놀랍도록 또렷했다.

"그런 표정으로 쳐다볼 거 없잖아."

블라썸이 침묵을 깨고 특유의 불만스러운 목소리로 대꾸했다.

"어떻게 작동하는지 알았잖아. 언제라도 다시 작동시키면 돼."

"우리가 다시 작동시킬 수 있을까?"

롤라가 연기를 내뿜으며 말을 이었다.

"기계가 다시 작동할 거라고 누가 장담할 수 있는데? 지난번에도 한번 작동하더니, 그담에 같은 방식으로 해봤을 때 안 됐잖아. 기계가 또 그러지 않을 거라고 네가 어떻게 장담해?"

"하지만……."

블라썸이 우물거렸다.

"기계가 멈출 때까지는 나중을 위해 음식을 아껴뒀어야 해."

롤라가 계속 말했다.

"그게 옳은 행동이었을—"

"아, 블라썸 좀 내버려 둬."

올리버가 말했다. 올리버답지 않게 짜증 난 목소리여서 피터는 약간 놀랐다. 올리버는 애비게일이 앉아 있는 계단으로 돌아가서 그 옆에 앉았다.

"충분히 먹었으니까, 불평은 그만해."

"넌 충분히 먹었나 보지."

롤라가 자신의 어깨를 문지르며 말했다.

"네가 밀친 데가 아직도 아파. 이런 젠장. 내가 힘만 좀 더 셌어도!"

"제발."

애비게일이 말했다.

"싸우지 마, 부탁이야. 생각해봐, 음식을 먹었잖아. 기뻐해야지. 그리고 아마 다시 작동할 거야. 해보기 전까지는 모르는 거잖아."

그들은 다시 시도해보았다. 당시에는 흥분감 때문에 잊고 있었지만, 다시 시도할 때에는 꼴사납고 민망했다. 그러나 기계는 작동하지 않았다.

"이럴 줄 알았어."

다들 포기하자 롤라가 말했다.

"이제 어떻게 해야 할지 다른 뭔가를 더 알아내야 해."

"지금은 아냐."

애비게일이 내처 말했다.

"부탁이야. 난 완전히 지쳤어. 오랫동안 깨어 있었잖아. 좀 자고 싶어."

그리하여 한시름 놓게 된 피터는 모든 게 아름답고 신비하며 노력도, 고통도, 계단도 없는 마법의 방으로 돌아갔다.

10

애비게일과 피터는 아무 문제 없이 잠들었으나 블라썸과 올리
버는 잠들기까지 시간이 걸렸다. 롤라가 마지막으로 잠들었다. 약
십오 분 후 속삭임과 불빛이 다시 시작되자 가장 먼저 깨어난 것
도 롤라였다.

"파멸의 집 안에 벌거벗은 사람. 파멸의 집 안에 벌거벗은 사람."

보이지 않는 수백 개의 속삭이는 목소리가 사방에서 롤라를 감
쌌다. 일어나 앉은 롤라는 눈을 비비며 다른 아이들을 모두 깨워야
할지 고민했다. 그녀는 그러기로 결심했다. 그래야 했다. 놓칠 수
없는 소중한 기회였다. 속삭임과 번쩍이는 불빛이 다시 시작되었
으므로 이번에는 그들의 춤이 기계를 작동시킬지도 모른다.

애비게일은 대단히 깨우기가 힘들었고, 피터는 거의 불가능했다. 피터는 올리버가 일 분 가까이 귀에 대고 소리를 지르고, 거칠게 흔들고 나서야 겨우 눈을 떴다. 그는 앞에 있는 다른 아이들과는 눈도 마주치지 않고 웅얼거릴 뿐이었다.

처음에는 춤이 잘 되지 않았다. 그들은 비틀거리고 둔했다. 롤라는 마음이 조급했다. 얼마나 오랫동안 이 특별한 상태가 지속될지 알 수 없었기 때문이다. 하지만 그들은 배가 고파지면서 결국 아까의 움직임을 기억해내고, 춤의 리듬에 빠져들었다. 마침내 기계가 작동했다.

그 상황은 십여 분 동안 지속되었고 불빛과 속삭임이 멈추자 음식도 중단되었다. 상당한 양의 고기를 얻었지만, 롤라조차도 나중을 위해 남겨놓으려 하지 않았다. 아이들은 즉시 게걸스럽게 음식을 먹어치웠다.

그렇게 그들은 춤의 첫 번째 기본 원리를 배웠다. 그리고 언제 그 춤을 춰야 하는지도 알게 되었다. 얼마 지나지 않아 그들은 기계가 변덕스럽다는 걸 알아차렸다. 불빛이 번쩍이고 속삭임이 들려와서 춤을 추어도 기계가 항상 작동하는 것은 아니었다. 어떤 때는 음식을 넉넉히 주고, 또 어떤 때는 오랫동안 그들을 굶겼지만, 그럼에도 속삭임이 들리고 불빛이 번쩍일 때면 이번에는 음식이 나오길 바라면서 곧장 춤을 출 수밖에 없었다.

그리고 당연한 이야기지만, 기계가 작동할 때와 하지 않을 때는 일종의 규칙이 있었다. 다른 규칙도 더 있었을 것이다. 하지만 그들은 그 규칙들을 이해하거나, 불가피하게 닥치는 상황을 받아들이기에는 아직까지 외부 세계에 지나치게 익숙했다.

2부

11

　그 뒤로 아이들은 좀 더 자유롭게 말하기 시작했다. 물론 아직도 자신들이 어디에 있으며, 무슨 일이 일어나고 있는지 이야기하는 것은 몹시 불편했지만, 대부분 여기서 지내는 일에 조금씩 익숙해졌으며, 때때로 다른 것들에 대해서도 생각할 수 있게 되었다.

　"내가 말했지. '네가 그렇게 대단한 놈이면 증명해봐.' 그러고는 우린 서로 노려보면서 뱅뱅 돌기 시작했어."

　올리버가 말했다.

　"복도에서 싸웠단 말이야? 그러다 복도 순찰대라도 오면 어떡하려고?"

　애비게일이 감탄하는 목소리로 물었다.

"상관없었어. 엄청 화났었거든. 날 괴롭히는 놈은 가만두지 않을 작정이었으니까!"

"그래, 그런데 감시 카메라는 어떡하고? 어떻게든 감시 카메라 영역을 벗어났다는 말이겠네? 응?"

롤라가 말했다.

"그건 신경 쓰지 않았어."

올리버가 짜증 난다는 듯이 말했다.

"여하튼 우린 서로 노려보며 돌기 시작했어."

올리버가 롤라가 깨뜨린 이야기의 흐름을 돌려놓으려 애쓰며 말을 이었다.

"그런데 그때 그놈이 갑자기 달려들더니 때리기 시작하는 거야. 그래서 그놈을 차버렸지. 텔레비전 쇼에 나오는 것처럼 말이야. 걸어차서 넘어뜨렸어. 그놈이 나자빠져 항복을 하더라고. 난 거기서 재빨리 달아났지. 원장은 절대로 그게 난 줄 몰랐을 거야. 고자질하기는 그놈도 너무 창피했을 테니까."

올리버는 의기양양한 태도로 기대어 앉았다.

"아, 물론 그랬겠지. 근데 감시 카메라는 어떡할 거냐고?"

롤라가 고개를 저으며 말했다.

"난 도저히 못 참겠어. 못 참겠다고! 왜 작동을 안 하지?"

블라썸이 불평을 쏟아냈다.

불빛 앞에서 십오 분이나 춤을 춘 끝에 음식이 겨우 한 덩이, 그리고 한 덩이 더 나오더니 그 후로는 감감무소식이었다. 그러다 갑자기 목소리와 불빛이 멈췄다. 블라썸과 올리버가 한 덩이씩 낚아챘고, 다른 아이들은 하나도 얻지 못했다. 이 상황은 참을 수 없이 절망스러웠다. 단지 배가 고파서만이 아니라 이곳에서 위안을 주는 거라곤 음식밖에 없기 때문이었다. 음식은 그들을 둘러싼 가혹하고 척박하고 낯선 환경에서 오직 하나뿐인 위안거리였다. 얼마 지나지 않아 그들은 음식을 다른 어떤 것보다 중요하게 여기게 되었다.

"이해가 안 돼. 지난번에 불빛하고 목소리가 나왔을 때랑 똑같이 했잖아. 그때는 두 번 다 기계가 제대로 작동했다고. 이건 말도 안 돼."

애비게일이 소심하게 말했다.

"게다가 이번에는 바뀌려는 기미도 전혀 없었잖아."

올리버가 고개를 저으며 말을 계속했다.

"규칙을 바꾸고 싶을 땐 일단은 음식을 줬어. 우린 이번에 아까랑 똑같이 했잖아. 그건 내가 장담해."

"어쩌면 뭔가 규칙이 있을지도 몰라. 어떤 때는 작동을 했다가 어떤 때는 하지 않으니까."

롤라가 말했다.

"그런 거 없어. 그냥 제멋대로야. 지난번 두 번은 작동했고, 그 전에는 이번처럼 작동을 안 했어. 그 전에는 작동하고, 그 전에는 두 번 안 하고……. 누가 그딴 걸 기억해? 규칙 같은 건 없어. 그냥 변덕스러운 거야."

올리버가 말했다.

"기계는 변덕스럽지 않아."

롤라는 그렇게 말하고 돌아섰다.

"그리고 나랑 제일 친한 친구 아빠는 국제적인 대기업 로비 회사의 이사였어."

블라썸이 말을 이었다.

"혹시 맨날 텔레비전에 나오던 에드워드 베이커 잭슨이라는 사람 아냐?"

올리버가 물었다.

블라썸이 고개를 끄덕였다.

"그 에드워드 베이커 잭슨 맞아. 내 친구 아빠야. 걔네도 우리 집에서 가까운 데 살았어. 걔네 아빠는 똑똑하고 진짜 유명한 로비스트래. 그 회사는 항상 잘나갔어. 우리 아빠가 그러는데 그 사람이 사실은—"

블라썸이 말을 멈추더니 손으로 입을 막았다.

"그 사람이 뭐?"

롤라가 말했다.

블라썸은 잠깐 생각해보고 아이들에게 말해주기로 결심했다. 그녀는 입에서 손을 떼더니 말했다.

"뭐…… 별거 아냐. 벌써 너희한테 진짜 일급비밀을 많이 얘기해줬는데 뭐. 우리 아빠가 그러는데, 실은 잭슨 씨가 정부를 움직이는 사람이랬어. 그 사람이 대통령을 손안에 쥐고 있대."

블라썸이 팔짱을 끼고 자랑스러운 표정으로 아이들을 둘러봤다.

"나랑 제일 친한 친구 아빠가."

"책이라고?"

올리버가 놀란 표정으로 말했다.

"왜 책을 봐? 너무 느리잖아. 게다가 대부분 프로그램화도 안 돼 있고 말이야."

피터는 당황했다.

"그냥…… 내가 살던 데 사람들이 몇 권 가지고 있었거든. 그리고 좀…… 좋았어. 나한테만…… 말하는 느낌이 들어서. 난 느린 것도 좋아……. 다른 사람들 따라가느라 걱정하지 않아도 되니까."

"그거야말로 바보 같은 얘기야."

애비게일이 설명하려 덧붙였다.

"프로그램 화면이 책보다 훨씬 더 개인적으로 이용하기 좋아. 프로그램 화면은 네 요구에 따라 반응하잖아. 네가 어려워하는 부분은 집중하고, 쉬운 부분은 빨리 지나가. 그런데 책은 누가 읽든 똑같다고. 뭐 어쨌든 그 긴 책을 다 읽은 사람은 본 적이 없어. 너무 지겹잖아!"

"아, 아냐, 그렇지 않아."

피터가 소심하게 말했다.

"난 내가 읽고 있다는 것조차…… 잊어버렸는걸. 이야기들이…… 내 머릿속에서 계속 이어졌거든."

피터는 말을 멈추더니 고개를 떨어뜨렸다.

"난 아직도 이해가 안 돼."

올리버가 말했다.

"바로 눈앞에 펼쳐지는 실시간 홀로그램이, 스스로 상상하는 것보다 훨씬 낫잖아."

"얘들아!"

롤라가 춤을 추다가 말했다.

"불빛을 봐! 이젠 빨간색이 아냐! 초록색이야!"

블라썸을 뺀 나머지 아이들의 춤이 느려지기 시작했다.

"멈추지 마!"

블라썸이 새된 소리를 냈다.

"계속 추란 말이야! 색이 무슨 상관이야? 무슨 차이가 있냐고!"

그녀가 옳았다. 실제로 아무런 차이도 없는 것 같았다. 불빛의 색과 기계에서 음식이 나오는 사이에는 아무 관계가 없다는 걸 곧 알게 되었다. 가끔 빨간색이 되기도 하고 초록색이 되기도 했지만, 결국 그들은 더 이상 그에 대해 궁금하게 생각지 않게 되었다.

블라썸은 롤라가 다시 아래로 내려가 살펴보며 돌아다니는 모습을 지켜보았다. 블라썸의 눈초리는 차갑고 날카로웠다. 블라썸이 다른 아이들을 돌아보며 말했다.

"너희, 롤라가 무슨 생각으로 저렇게 바보같이 사방을 뛰어다니는지 알아? 쟤는 우리한테 질려서 그냥 멀찍이 있으려는 거야. 자기가 우리보다 잘난 줄 알거든. 피터, 그렇지 않니?"

블라썸이 대답을 기다렸다.

"피터! 쟤가 우리 모두를 바보로 생각한다는 거 알잖아. 애네한테 얘기해줘. 쟤가 그렇다는 거 알잖아."

피터는 고개를 떨어뜨리고 손을 비비 꼬았다.

"내 생각엔…… 그 애는…… 난 잘 기억이 안 나……."

블라썸이 경멸하듯이 피터에게서 돌아서며 말했다.

"아무것도 기억이 안 나겠지. 넌 뭐가 어떻게 돌아가는지도 잘 모르잖아. 하지만 난 기억해. 걔가 말했던 거 다 생각나. 별로 좋은 말은 아니었어."

올리버는 블라썸을 바라보며 아무렇지도 않은 척하려 했지만, 블라썸은 그의 눈을 보고 관심이 있다는 사실을 알아차렸다.

"뭐 그다지 많은 얘긴 아니지만."

블라썸이 아이들의 구미를 당기며 말을 이었다.

"너희가 관심 있어 할 만한 얘기들이야. 하지만 좋은 얘긴 아냐. 아주 흉한 얘기지……."

"겨우 8차선 도로였어."

롤라가 말했다.

"그래도 난 상관없이 엄청 빠르게 달렸어. 안개등도 켜고 불이란 불은 다 켰는데도, 앞이 겨우 10미터밖에 보이지 않았어. 한낮이었는데도 말이야. 그런데 거기가 오래된 도로라 갑자기 길이 꺾인 거야. 그래서 난 알아차리기도 전에 길에서 벗어나버렸어. 후유!"

그녀가 고개를 저었다.

"그래서 어떻게 됐어?"

애비게일이 물었다.

"아무 일도 없었어. 차는 완전히 부서지고, 방독면까지 망가졌지만. 그래도 난 그냥 문을 열고 걸어 나왔―"

"고속도로 옆에서? 고속도로 옆에서 차 밖으로 나왔다고?"

올리버가 믿지 못하겠다는 듯이 말했다.

"아까 방독면도 망가졌다고 하지 않았어?"

"망가졌지. 일단은 당장 안 죽은 것만도 기적이었어. 그러고 나서 그나마 남아 있는 신선한 공기를 마시려고 차로 돌아가 그 안에 머리를 집어넣었어. 그리고 길 위로 달려가서 지나가는 차에 손

118 ●

을 흔들었지. 그날은 정말 운이 좋았나 봐. 의식을 잃어가던 참에 딱 맞춰서 경찰차가 왔거든. 물론 날 바로 집으로 데려다 줬고. 그 뒤로는 한동안 그런 짓을 절대로 안 했다니까!"

피터가 꿈나라로 떠나 버렸다. 그의 몸은 속이 반쯤 빈 봉제 인형처럼 축 처져, 머리는 계단 한쪽에 괴상한 모습으로 늘어지고 입은 벌어진 채였다. 롤라는 그 모습을 보고 깜짝 놀랐다.

"피터! 일어나! 내 말 들려?"

"걔 좀 내버려 둬."

올리버가 날카롭게 말했다.

"때가 되면 내가 깨울게."

"그래도…… 그래도 저렇게 놔두는 건 좋지 않은 것 같아. 점점 더 심해지잖아. 진짜로 잠을 못 자게 막아야 할지도 몰라. 안 그러면 언젠가 우리가 못 깨울지도 모르잖아."

"네가 어떻게 알아? 난 언제라도 얘를 깨울 수 있어. 언제든지. 그냥 좀 내버려 둬. 현실보다 더 행복할 거야."

"얘가 그렇다는 걸 네가 어떻게 알아?"

롤라가 물었다.

"알든 모르든 네가 무슨 상관이야?"

올리버가 그렇게 말하고는 대화가 끝나버렸다.

롤라는 이를 갈다가 손톱 씹기를 교대로 반복했다. 담배가 없어진 후 음식을 먹고 나면 항상 더 심해졌다.

"듣기 싫은 소리 좀 그만 낼래? 그 소리 때문에 미치겠어."

블라썸이 말했다.

"'듣기 싫은 소리 좀 그만 낼래?'"

롤라가 가성으로 블라썸의 말투를 흉내 냈다.

"'듣기 싫은 소리 좀 그만 낼래?' 너야말로 제발 나 좀 가만히 놔 둬 줄래? 너도 이 갈면 되잖아! 염병할 곳에, 염병할 기계 같으니라고. 도대체 담배는 왜 안 주는 거야?"

롤라가 화를 내며 일어섰다.

"자, 진정해."

올리버의 쾌활한 말투는 속이 빤히 보였다. 그는 마음에도 없는 말을 했다.

"곧 사람들이 와서 우리를 데려갈 거야."

"그래."

블라썸이 그 말에 열렬히 호응했다.

"사람들이 올 거야. 지금이라도."

"아무렴 그렇겠지."

롤라가 비꼬는 투로 말했다.

"그렇고말고. 사람들이 와서 우리를 요정의 나라에 데려다 줄 거야. 난 보라색 원숭이고. 이런 쓰레기 같은 소리나 듣고 있다니 정말 지긋지긋 해. 아무도 안 와! 너희도 다 알잖아!"

롤라는 뒤돌아서 미친 듯이 계단을 뛰어 올라갔다.

12

몇 주가 지나자 애비게일은 롤라가 점점 더 부러워졌다. 예전에는 한 번도 생각해보지 못한 일이었다. 현실 세계에서 롤라는 문제 아였을 것이고, 예전이라면 애비게일로서는 자신이 문제아가 된다는 건 상상도 못 했을 것이다. 그럼에도 한 가지 분명한 이유 때문에 롤라가 부러웠다. 그것은 롤라의 독립심이었다.

이른 아침—여기서는 아무도 바깥의 시간을 몰랐기 때문에, 아이들이 일어날 때가 아침이었다—다른 아이들이 아직 몸도 가누지 못하는 몽롱한 시간에 롤라는 화장실까지 힘차게 뛰어갔다 돌아왔다. 이후로도 매일 비슷한 시간으로 짐작되는 때면 롤라는 힘차게 계단을 달려 보이지 않는 어떤 지점까지 내려갔다가 바로 다시 돌아오곤 했다. 다른 아이들이 그녀를 비웃거나 불쾌해해도 별로 개의치 않는 것 같았다. 그녀는 간단히 이렇게 이야기했을 것이다.

"난 운동이 필요해."

그리고 그건 정말이었을 것이다.

애비게일이 특히 인상 깊었던 점은, 롤라는 다른 사람이 뭔가를 해주길 바란다고 해서 절대 그대로 하지는 않는다는 것이었다. 롤라는 자기가 하고 싶은 대로 했다. 남자애들이 자신을 어떻게 생각하는지, 또 무리 안의 여자애들이 자신을 어떻게 생각하는지 항상 신경 쓰며, 다른 사람의 기분을 상하지 않게 하려 늘 노력하고 누군가 자신을 싫어하지 않도록 애쓰는 애비게일로서는 롤라의 행동 방식을 이해하기 힘들었다. 롤라를 보면 이상하게도 자신이 덫에 걸린 것처럼 느껴지고 그녀가 누리는 자유를 생각하면 억울했다.

"롤라 또 가네. 시계가 따로 없다니까."

어느 오후에 아래로 달려 내려가는 롤라를 보고 올리버가 말했다.

"우리한테 시계가 있었다면 쟤가 뛰는 걸 보고 시계를 맞출 수도 있었을 거야."

"너도 움직이고 싶을 것 같은데? 운동 좋아하지 않았니?"

애비게일이 물었다.

"응응. 나도 운동 좋아해."

올리버는 건성으로 대꾸하더니 고개를 돌렸다. 애비게일은 마음이 상했다. 그녀는 블라썸 쪽으로 고개를 돌렸다.

여기에 머문 지 약 삼사 주 정도 지났을 무렵, 블라썸은 벌써 달라지기 시작했다. 여전히 뚱뚱하긴 했지만, 빈약하고 불규칙한 식사와 춤의 격렬한 동작이 효과를 보였다. 옷이 헐거워졌고, 아직 통통하긴 했지만 얼굴이 창백해지고 수척해졌다. 하지만 그녀는 살이 빠지는 게 하나도 반갑지 않은 눈치였다. 아이들은 항상 배고팠다. 기계가 늘 부족하게, 생존을 유지할 수 있을 정도로만 음식을 제공하기 때문이었다. 그리고 블라썸은 궁핍함이 계속되는 이 상황을 가장 힘들어했다. 그녀는 종종 희망을 품고 기계 위에 몸을 숙인 채 살살 몸을 흔들면서 손을 비비 꼬고 입술을 달싹였다.

피터도 점점 이상해졌다. 더욱 자주 멍한 상태에 빠져들었는데, 그럴 때마다 마치 마음이 수 킬로미터를 떠내려가 닿을 수 없는 먼 곳으로 멀어지는 것 같았다. 게다가 피터를 음식 춤에 참여시키기가 점점 더 어려워졌다. 유일하게 피터를 깨울 수 있었던 올리버마저 오래 걸릴 때가 있었다. 겨우 피터를 깨웠더니 곧 속삭임과 불빛이 멈춰 음식을 얻을 기회를 놓쳐버린 적도 있었다. 그 상황을 기뻐하는 사람은 아무도 없었다. 블라썸은 광분해서 피터의 뺨을 때리기까지 했다.

애비게일이 한숨을 쉬었다. 올리버도 변했다. 어쩌면 속내를 드러낼 만큼은 변하지 않았는지도 모른다. 한때 올리버의 매력이었던 넘치는 자신감과 당당함은 이제 가끔씩만 눈에 띌 따름이었다. 그는 침울해하거나 성급하게 굴 때가 많았고, 특히 롤라에 대해서는 적대적이기까지 했다. 어찌된 일인지 롤라가 그의 기운을 다 흡수해버린 듯했고, 그래서 올리버는 무기력한 상태에서도 롤라를 증오했다.

그럼에도 애비게일은 여전히 올리버에게 끌렸다. 지금까지 만난 남자애들 중에서 올리버만큼 잘생긴 아이는 없는 것 같았다. 얼굴이 수척해질수록 그의 외모에서 풍기는 매력은 더 두드러졌다. 올리버는 이따금 애비게일에게 음흉하게 굴기도 했다. 이제는 종종 다른 아이들이 보이지 않는 위로 올라가서 입맞춤을 했다. 때때로 오 분 넘게 입맞춤하기도 했고, 점점 더 열정적이 되어갔다. 애비게일은 줄곧 입맞춤이 나쁜 일이라고 배워왔지만, 그것은 무척 자연스러웠고 근사하게 느껴졌다. 그래서 그녀는 이 행위가 아니라 가르침이 잘못된 것이라 생각하기 시작했고, 그때부터 편한 마음으로 즐길 수 있었다. 하지만 입맞춤은 언제나 올리버가 갑자기 몸을 떼며, 그녀를 놀라고 당황스러운 상태로 남겨두는 것으로 끝났다. 그런 뒤에 올리버는 항상 거리를 두며 차갑게 대했다.

애비게일은 이해가 되지 않았다. 그 생각을 하면 불안해졌다. 그래서 그녀는 올리버의 좋은 점만 생각하기로 했다. 올리버는 피터를 깨울 때마다 본디의 자신으로 돌아가는 것 같았다. 피터를 깨우는 건 다른 사람은 할 수 없는 일이었다. 그 역시 허기지고 조바심

나기는 마찬가지일 텐데도 올리버는 그 소동을 즐기는 것처럼 보였다. 누군가 도와주려 하면 화를 냈고, 피터가 반응을 보이면 올리버의 기분은 하늘을 찔렀다. 올리버는 누구도 대신할 수 없는 자기 몫의 춤을 추었다. 기계가 바로 멈추지만 않는다면 아이들은 얼마간 음식을 먹을 수 있을 테고, 올리버의 당당함은 지속될 것이다. 그리고 그는 몇 시간 동안은 다른 아이들을 즐겁게 해줄 수 있을 정도로 충분히 매력적일 것이다.

애비게일은 확실히 여기서 쾌활하게 지내기란 힘들 거라 생각했다. 끊임없이 고통스러운 배고픔 때문만이 아니었다. 사람을 몹시도 불쾌하게 만드는 철저하게 황량한 이 장소와, 아무런 위안거리도 흥밋거리도 없는 날들이 끝도 없이 계속되는 느낌 탓이었다.

'하지만 꼭 그런 건 아니야. 무슨 일인가 일어나려 하고 있어. 아주 이상한 일이.'

애비게일은 혼잣말을 했다. 그녀는 자신을 둘러싼 공기에서 으스스한 예감이 느껴져 몸을 떨었다.

"롤라는 언제 돌아오는 거야? 이런 식으로 가버리는 거 너무 싫어. 음식 기계가 언제 작동할지도 모르는데 말이야. 정말 이기적이야."

"롤라도 혼자 있는 시간이 필요해."

애비게일 역시 화가 치밀어 올랐으나 착해 보이려 애쓰며 말했다.

"왜 넌 만날 롤라를 감싸고돌아? 걔가 뭐 대단하다고."

올리버가 말했다.

"전혀 대단하지 않지."

블라썸이 기계 위로 몸을 숙이며 말했다.

"사실 롤라에 대해 너희한테 할 말이 있어. 우린 여기서 꼼짝없이 함께 지내야 하는 신세니까, 서로 어떤 사람인지 아는 게 중요하다고 생각해."

블라썸은 땀에 젖은 창백한 얼굴로 눈을 반짝이며 올리버와 애비게일을 번갈아 봤다.

"이건 롤라가 한 얘기야…… 너희 모두에 대해서."

애비게일은 블라썸이 말하려는 이야기는 상황을 악화시킬 뿐이라는 생각에, 듣고 싶지 않았다. 하지만 그녀 역시 궁금했다. 게다가 블라썸의 말투가 너무 흥미진진해서 물리치기가 어려웠다.

"그래?"

올리버가 잔뜩 고대하는 표정으로 얼굴을 들이밀며 말했다.

"롤라가 뭐라고 했는데?"

"음, 정말 못돼 빠지고 충격적인 얘기였어. 처음에 뭐라고 했냐면—"

블라썸이 말했다.

"접시가 숟가락하고 도망가버렸다."

그들을 둘러싼 사방에서 수백 개의 목소리가 속삭였다. 불빛이 깜빡이기 시작하자 블라썸의 얼굴에 화색이 돌더니 갑자기 다시

하얗게 질렸다.

애비게일은 불빛이 빨간색인지 초록색인지 신경 쓸 겨를이 없었다. 아무 차이도 없었기 때문이다. 언제나처럼 그녀는 다른 것들에 신경을 쓰고 있었다. 춤을 추기 직전 미친 듯이 분주한 순간이었다.

"피터 깨워!"

블라썸이 빽 소리를 지르며 화내더니, 그새 춤 동작을 시작했다.

"쟤 깨워! 롤라—!"

블라썸은 계단참의 가장자리에 기대어 팔다리를 뒤틀며 소리쳤다.

"롤라, 올라와, 불빛이 들어왔어!"

블라썸이 아이들을 빙 둘러봤다.

"내가 말하려고 했던 거 롤라한테 얘기하지 마!"

블라썸이 다급하게 소곤거렸다.

"롤라—!"

블라썸이 다시 가장자리로 가서 소리쳤다.

"여기로 올라와!"

올리버는 피터의 어깨를 흔들었다. 피터의 머리가 축 늘어져서 앞뒤로 흔들거렸다.

"피터, 일어나!"

올리버가 신경질적으로 피터 주위를 뛰어다니며 소리쳤다.

"일어나! 우리 이제 춤춰야 해. 일어나자, 피터. 좀 도와줘."

그때 롤라가 계단참으로 올라왔다.

"이제야 왔구나! 도대체 어디에 있―"

블라썸이 소리쳤다.

"걔는 아직 안 일어났어?"

롤라가 긴박하게 말했다. 피터를 쳐다볼 때는 뺨이 실룩거렸다.

"이런 젠장, 얼른 깨워!"

"지금 깨우고 있잖아!"

올리버가 소리쳤다.

"내가 깨우게 놔둬! 피터, 제발, 피터. 내 말 들리지? 나야, 올리버. 네 친구 올리버야. 네가 필요해. 제발, 피터, 일어나."

피터의 눈이 서서히 초점을 맞추고 올리버와 다른 아이들을 보면서 깜빡거렸다.

"됐다! 피터, 잘했어."

올리버가 소리쳤다.

"잘했어!"

올리버는 애정을 담아 피터를 일으켜 세웠다.

"제발, 빨리!"

블라썸이 소리쳤다.

그리고 그들은 시작했다.

이제 그들의 춤은 이전과는 완전히 달랐다. 허기진 나날 동안 기계는 그들의 춤 동작을 다듬고 빚어왔다. 그들은 항상 바로 지난번에 췄던 춤과 똑같이 시작했다. 그러면 가끔씩 자그마한 음식 덩이가 보상으로 주어졌다. 하지만 대개 세 번 반복하면 효과가 없었다. 그들은 서로를 가까이 살펴보면서 춤 동작을 바꿔나갔다. 아주 조금씩, 한 사람이 왼쪽이나 오른쪽으로 약간 움직인다거나 손목을 더 구부린다거나 턱을 치켜들고 어깨를 흔든다거나 하는 식이었다. 만약 그들이 기계가 원하는 대로 움직였다면 음식이 조금 더 나왔고, 그러면 그들은 그 동작을 계속해서, 점점 더 기계가 원하는 쪽으로 맞추어갔다. 리듬도 중요했다. 한번은 올리버가 불이 번쩍일 때가 아니라 번쩍이기 직전에 발을 움직이자 곧바로 보상이 주어졌다.

처음에는 이처럼 미세한 동작 변화의 수가 무한한 데다 기계가 어떤 동작을 선호하는지 알 길이 없었기 때문에 혼란스럽고 무척 어려웠다. 시도했다가 틀리는 일이 반복되었고, 실패가 이어질 때마다 애가 탔다. 그들은 너무나 배가 고팠기 때문에 애가 타 도저히 견디기 힘들 지경이었다. 그 누구도 알지 못했던 지독한 굶주림 속에서 움직이는 강렬한 체험은 그들 각자에게 새롭고 특별한 감각을 일깨웠다. 바로 기계가 원하는 것, 말하자면 기계의 취향이라 할 수 있는 것을 포착해내는 감각이었다. 이것 역시 너무 미묘해서 누구도 말로는 설명하기 힘들었다. 그럼에도 기계에 끌려가다 보니 그들 모두 머지않아 무의식적으로 알게 되었다. 춤 동작을 어떻게 바꿔야 하는지 점차 확신이 들면서 춤은 착실히 효과적으로 바꿔어갔다.

목소리가 들려오고, 불빛이 번쩍거려도 음식을 얻지 못하는 실망스러운 때도 있었다. 그래도 그들은 계속 춤을 추어야 했다. 시간은 아무리 길어도 상관없었다. 마지막 순간까지도 음식이 나올 가능성은 있었고, 그 기회를 결코 놓치고 싶지 않았기 때문이다.

그리하여 그들의 춤은 지금 이 순간 이렇게 변해 있었다. 롤라와 블라썸은 계단참의 구멍을 사이에 두고 서로 반대편에서 원을 그리며 천천히 돌았다. 둘은 손바닥을 편 채 팔을 머리 위로 들어올려 좌우로 흔들었다. 그러다 계단참의 가장자리에 도착하면 불빛이 번쩍이는 간격에 맞춰 빠르게 제자리를 돌았다. 그러면서 각각 머리를 쳐들고 고음으로 소리쳤다. 그와 동시에 피터와 애비게일은 깜빡이는 불빛에 정확히 맞추어 인접한 두 계단에서 아주 복잡한 일련의 동작을 연기했다. 애비게일은 계단참 쪽으로 고개를 숙였다가 손을 엉덩이에 얹고 턱을 치켜든 채 발끝을 들고 불빛이 깜빡이길 기다렸다. 이어서 한 바퀴 돌고는 다리를 뒤로 들고 계단에 손을 짚기 위해 몸을 숙였다. 그녀는 다시 불빛이 깜빡이길 기다리며 돌고 올리버를 향해 계단참으로 빠르게 뛰어 내려가 불빛의 깜빡임을 기다리다 춤이 시작되는 계단으로 되돌아왔다.

그리고 올리버. 올리버는 가운데에서 혼자 춤을 추었다. 등을 활처럼 구부리고, 두 계단 사이에 몸을 뻗었다. 그러다 갑자기 불빛이 번쩍이는 곳으로 뛰어 내려가, 그 순간 지나가는 롤라를 피했다. 한 발을 들고 내려온 올리버는 바로 한 바퀴 돌고는 전후좌우로 휘청이기 시작했다. 그는 엉덩이를 흔들면서 걷고 팔은 앞으로 치켜든 상태에서 손과 팔목을 꼬았으며, 머리는 한쪽 어깨로 숙였다가 계단을 향해 움직일 때 다른 쪽으로 숙였다. 거기서 애비게일과 피터를 교대로 만났는데, 반드시 애비게일을 먼저 마주쳤다. 올리버가 손을 뻗어 애비게일의 허리춤을 잡고 그녀의 몸을 활처럼 구부리면, 그녀는 몸을 뒤로 기울여 손으로 바닥을 스쳤다. 그러고 나서 올리버가 그녀를 일으켜 세우고, 춤의 처음으로 돌아가기 위해 멀어졌다. 되풀이할 때에는 애비게일 대신 피터를 만났다.

하지만 이번에는 뭔가 잘못됐다. 처음 반복할 때는 음식이 나와 안도했다. 이는 보상을 받으리라는 희망만으로 마지막까지 되풀이해도 아무런 성과가 없는 춤이 아니라는 뜻이었다. 두 번째로 반복할 때는 당연히 성공하리라 예상하고 안심한 상태에서 시작했다. 그런데 음식이 나오지 않은 것이다.

다른 때는 시작할 때마다 롤라가 소리를 쳤지만, 이번에는 그럴 필요도 없었다. 뭔가 바꿀 때가 되었다는 것을 그들은 생각하지 않고도 알 수 있었다. 그들은 직관적으로 춤에 적절한 변화를 주었다. 하지만 음식은 나오지 않았다.

그들은 불안해지기 시작했다. 마치 춤을 어떻게 바꿔야 할지 모르던 처음과 같았다. 그들은 춤을 점점 더 극단적으로 바꿔나갔다.

그리고 불빛이 꺼질까 두려워하며, 바닥의 틈새를 자꾸만 훔쳐봤다. 바닥에는 음식이 겨우 한 덩이 나왔을 뿐인데, 불빛과 목소리가 갑자기 멈춰버렸다.

블라썸이 음식을 움켜쥐려 했지만 가까이에 있는 롤라가 먼저였다. 롤라는 음식을 머리 위로 높이 들고, 다른 아이들의 손이 닿지 않는 계단 위로 올라갔다.

"잠깐! 기다려!"

아이들이 달려들자 롤라가 소리쳤다.

"안 돼!"

블라썸이 소리를 지르며 손을 뻗었다. 하지만 롤라는 음식을 입 속으로 쏙 넣어버렸다. 갑자기 진이 빠진 블라썸은 자기 계단에 털썩 주저앉았다.

"그런데 어떻게 된 거지?"

애비게일은 놀랍고 두려워서 어쩔 줄 모르는 표정으로 말했다.

"오랫동안 별일 없이 잘됐잖아. 어떻게 춤을 바꿔야 하는지도 매번 잘 찾아냈는데……."

"우리가 제대로 추지 않은 게 틀림없어."

롤라는 죄책감을 삼키며 말했다. 그녀는 계단에 앉아 말을 이었다.

"누군가 실수했을 거야."

"아무도 실수하지 않았어."

올리버가 내처 말했다.

"내가 지켜봤어. 모두 완벽했어. 춤도 적절하게 잘 바꿨고. 자신 있게 말할 수 있어. 기계가 우리에게 다른 뭔가를 가르치려는 거야. 음식 주는 걸 멈출 땐 뭔가를 가르치려는 거라고."

"아아, 왜 그렇게 복잡해야 하는데?"

블라썸이 말했다.

올리버는 아직 생각 중이었다.

"기다려봐. 기계가 우리한테 뭔가를 가르치려는 거야……. 우리는 춤을 제대로 잘 췄고, 적절하게 바꿨어……. 그런데 아직도 만족스럽지 않은 거야. 왜냐하면…… 왜냐하면 기계는 우리한테 다른 걸 가르치고 싶으니까, 춤이 아닌 뭔가를."

"그래. 정말 그 말이 맞는 것 같아."

애비게일이 천천히 입을 열었다.

올리버는 흥분하기 시작했다. 그가 처음으로 롤라보다 논리적인 의견을 낸 것이다.

"처음 여기 왔을 때는 음식 기계가 우리에게 이렇게 복잡한 춤을 추게 하리라고는 전혀 생각 못 했어. 아마 불가능해 보였을 거야. 하지만 가능했어. 우리는 기계한테서 배웠어. 실수도 하지 않았고. 기계는 우리에게 불빛이 비치지 않을 때 할 일을 가르치려는 거야!"

"알았어, 알았어. 네가 맞을지도 몰라. 하지만 우리가 함께 춤추기까지 얼마나 오래 걸렸는지 생각해봐. 새로운 걸 또 배우려면 얼마나 오래 걸리겠어?"

롤라가 말했다.

올리버가 똑바로 앉았다. 그의 얼굴은 제 주장을 펼치느라 달아올라 있었다.

"우린 배울 거야, 배울 수 있어."

그가 말했다. 애비게일은 올리버가 다시 예전과 비슷해졌다고 생각했다.

"정말 신나겠어. 새로운 일이 이제 막 시작되는 거야. 우리에게 뭘 원하는지만 알아내서 하면 돼. 그리고 불빛이 들어오면 춤을 추는 거야. 그러면 우리가 한 게 맞는지 알 수 있겠지."

"하지만 그건 너무 복잡해. 게다가 알아내지 못하면 내내 기다리고 또 기다려야 하잖아. 그리고 난 롤라가 음식을 먹어버린 것도 참을 수가 없어. 난 너무—"

"아, 그만!"

롤라가 한숨을 쉬었다.

"다음에 내 몫 하나 주면 되잖아."

"다음에 언제 나올지 누가 알아? 올리버 말대로 기계가 다른 걸 원하는 거라면 어떡할 건데? 기계가 원하는 게 뭔지 어떻게 알아낼 거야?"

블라썸이 투덜거렸다.

"왜 네가 먹어버린 거야? 어쩜 그렇게 이기적이니? 배고파 죽겠어!"

롤라가 손으로 귀를 막고 머리를 앞뒤로 흔들었다.

"제발 닥쳐! 닥치라고!"

롤라가 소리치고 벌떡 일어섰다.

"다른 사람들도 다 너만큼 배고파! 왜 너만 배고프다고 생각해? 네 그 빽빽거리는 끔찍한 목소리도 더 이상 못 참겠어!"

롤라는 돌아서 계단을 뛰어 올라갔다.

블라썸은 한동안 롤라 쪽을 째려보며 입술을 떨었다. 그녀의 핏기 없는 뺨에 밝은 빛이 돌았다. 블라썸은 눈을 가늘게 뜨더니 다른 아이들에게로 고개를 돌렸다.

"오랫동안 참았어. 너무 오래 참았는지도 모르지."

블라썸의 말투는 또렷했지만 조금 떨렸다.

"롤라에 대해서 하려던 얘기 말이야?"

올리버가 흥분해서 속삭이듯 물었다.

블라썸이 고개를 끄덕였다.

"하나뿐이 아냐. 훨씬 많아. 롤라가 너희 모두에 대해서 얘기했거든. 네 얘기도 있어!"

블라썸은 말을 덧붙이며 돌연 피터를 쳐다봤다.

"넌 절대로 롤라에 대해 나쁜 말을 안 하려고 하지만, 걔가 뭐랬는지 알아? 널 위해서 말해줄게. 롤라가 여기에 자기 말고 너밖에 없는 줄 알았을 때는 처음에 진짜 암울했대. 넌 정말 구제불능의 얼간—"

'그런데 얘는 왜 이런 이야기를 하는 거지?'

애비게일은 피터가 블라썸의 이야기에 동요하는 걸 걱정스럽게 바라보았다. 보통 피터는 표정이 없었지만, 블라썸이 전하는 악의적인 말 한마디 한마디에 기운이 빠져나가는 것 같았다.

"게다가 넌 자기를 처지게만 한대. 정말 정떨어지지 않니? 넌 그 애가 널 도와주고 싶어 하는 줄 알았겠지. 하지만 걔는 자기 생각밖에 안 해."

"그래도……."

피터가 힘없이 반박했다. 그의 눈은 젖어 있었다.

"그래도 그 앤—"

"그 애가 어떻게 했는지, 또 너한테 뭐라고 했는지 난 몰라. 나한테 한 얘기만 알 뿐이야."

블라썸은 올리버를 바라봤다.

"그리고 너!"

블라썸은 쉬지도 않고 말했다.

"롤라가 너에 대해서 뭐라고 했는지 알아? 뭐가 어떻게 돌아가는지도 모르면서 여전히 그 '강인한 대표'인 척한대."

블라썸이 롤라의 비꼬는 말투를 흉내 냈다.

"그리고 처음 네가 노래 부르는 걸 봤을 때, 꼭 계집애 같았다고 하더라."

애비게일은 얼굴이 확 붉어졌다. 애비게일은 블라썸이 하는 짓을 납득할 수 없었다. 다른 사람이 뒤에서 한 짓궂은 말을 당사자들에게 알리다니. 당연한 이야기지만 뒤에서 험담하는 건 다른 문제다. 다들 그런 말을 하고, 당사자가 알기 전까지는 아무런 문제도 없다. 그런데 그 말을 사람들에게 그대로 전하다니! 악몽 같았다.

"계집애 같았다고!"

블라썸이 즐기듯 그 말을 내뱉었다.

"롤라는 네가 처음부터 끝까지 몽땅 가짜일 거라고 딱 찍었대. 넌 그냥 용감한 척하는 것뿐이고, 실은 죽도록 겁먹은 거랬어. 네가 용감한 척하는 건 여기에 피터하고 여자애들밖에 없는 데다 애비게일에게 멋있어 보이려고 그러는 거라더라. 여기에 진짜 남자가 하나라도 있었더라면 금세 찍소리도 못하게 됐을 거라고. 그리고 너!"

블라썸은 분노로 떨고 있는 올리버를 뒤로하고 애비게일을 쳐다봤다.

"롤라는 네가 곧 올리버에게 빠질 거라고 장담했어. 왜냐하면 넌 너무 미련해서 올리버의 속임수를 꿰뚫어 보지도 못하고, 줏대가 없어서 올리버가 널 가지고 노는 걸 내버려 둘 거래."

애비게일은 괴로워하며 고개를 저었다. 롤라가 블라썸에게 그런 이야기를 했다니 믿기지 않았다. 하지만 어느새 블라썸이 한 말을 모두 믿고 있는 자신을 발견했다. 한마디 한마디가 살을 파고드는 칼날 같았다. 블라썸의 이야기는 너무나 명확하고 설득력 넘쳤으며 그럴듯해서 쉽게 무시할 수 없었다. 눈물이 뺨을 타고 떨어지기 시작했고, 애비게일은 롤라에 대한 경솔한 반감이 치밀어 올랐다.

"넌 누구에게나 다정하고 착하게 굴잖아. 웃음도 헤프고. 그러니 올리버가 맘대로 좌지우지하게 놔둘 거랬어. 넌 너무 우유부단하고 다른 사람들이 자기를 어떻게 생각하는지만 궁금해하는, 머리가 텅 빈 금발이라면서—"

블라썸은 문득 이야기를 멈추더니 숨을 깊이 쉬었다.

"이제 내가 한 얘기가 무슨 뜻인지 알겠지? 난 그냥 너흴 위해서 말해준 거야. 그 애가 어떤 인간인지 너희도 잘 알았겠지."

"그……."

얼굴이 벌겋게 달아오른 올리버는 말을 내뱉는 것조차 힘들어 보였다.

"그 나쁜 계집애는 자기가 우리보다 우리에 대해서 더 많이 안다고 생각하나 보지. 사내자식이었으면 죽도록 패줬을 텐데!"

"걘 어떻게 그렇게 말할 수가 있어?"

애비게일은 이제 손으로 눈을 가리고는 대놓고 울었다. 비참한 기분을 넘어서 분노가 치솟았다.

"어떻게 그런 소리를 해?"

위에서 빠른 발소리가 들려왔다.

"쉿!"

블라썸이 말했다.

"온다!"

애비게일은 허둥지둥 눈가를 훔치고 머리카락을 뒤로 넘겼다. 롤라에게 자신이 울었다는 걸 들키고 싶지 않았다. 롤라가 계단참으로 내려올 때 애비게일은 그녀에게서 고개를 돌렸다.

롤라는 뭔가 잘못되었다는 걸 전혀 눈치채지 못한 것 같았다.

"저기."

롤라가 블라썸에게 평범한 목소리로 말했다.

"아까 소리 질러서 미안해. 네가 먹는 문제로 힘들어하는 줄은 알지만 너도 내가 어떤 앤지, 어떤 식으로 말하는지 잘 알잖아. 악의는 없었어."

블라썸은 살짝 능글능글 웃으며 답했다.

"응, 알아. 괜찮아."

"난 기계가 작동하지 않아서 걱정했던 것뿐이야."

롤라는 자기 계단에 앉으며 말을 이었다.

"어쨌든 네가 말한 걸 생각해봤어."

롤라가 올리버에게 말했다.

"네 말이 맞는 것 같아. 그게 유일하게 납득이 가는 설명이야. 처음에 기계는 음식을 주면서 우리에게 뭔가를 가르치려 했었어. 이번에는 단지 춤 동작을 바꾸는 거 말고, 다른 걸 원하는 거야. 네가 말한 것처럼."

"음, 그래서?"

올리버가 롤라의 눈을 피하며 말했다.

"글쎄, 여하튼 너희 생각은 어때?"

롤라가 물었지만 아무도 대답이 없었다.

"내가 뭐 잘못 말했니?"

"아, 아냐, 아냐."

블라썸이 다리 위에 두 손을 포개고 입술을 오므리며 말했다.

"응, 그럼 이제 생각해야 할 게 엄청 많아. 이 빌어먹을 기계가 지금 우리한테 뭘 원하는지 알아내기가 쉽지는 않을 테니까. 하지만—"

롤라가 갑자기 말을 멈추더니 앞으로 몸을 내밀어 아이들을 쭉 둘러봤다.

"다들 왜 이래? 피터, 무슨 일 있었어? 왜 아무도 날 안 쳐다보는 거야?"

피터는 자기 자리에 털썩 앉아서 아래를 내려다봤다.

"아무것도 아냐. 그냥⋯⋯."

"너희 좀 전에 무슨 얘기 하고 있었어?"

"아, 아무것도 아냐, 정말로. 그냥 잡담이었어."

블라썸이 말했다.

"흠, 그렇다면 됐고. 너희한테 무슨 문제가 있든지 지금은 중요하게 생각해야 할 일이 있어. 곧 배가 고파지면 너희도 내 말이 맞다고 할 거야. 우리가 뭘 해야 하냐면—"

"우린 네가 뭐라고 생각하든 관심 없어. 이 더럽게 잘난 계집애야."

올리버가 경멸감에 가득 차서 말했다.

"뭐라고?"

롤라가 눈을 가늘게 뜨고 올리버를 노려보며 대꾸했다. 갑작스러운 그의 분노에 너무 놀라서 어떻게 반응해야 할지 몰랐다.

"올리버는 네가 스스로 우리 중에 제일 잘났다고 생각하고, 항상 우리보고 이래라저래라 하는 데 질렸을 뿐이야. 우리도 마찬가지고."

블라썸이 상냥하게 말했다.

"잠깐만, 누가 이래라저래라 했다는 거야? 나 말이야?"

"그래! 너랑 너의 그 비열한 태도에 질렸어. 쓰레기 같은 네 의견에도 질렸고, 우리에 대한 네 생각, 그리고 우리에 대해서 네가 한 그 멍청하고 바보 같은 얘기에도 질렸어!"

"아하."

롤라가 일어서서 계단참으로 걸어 내려오며 주먹을 꽉 쥐었다.

"이제야 좀 이해가 되네."

"잘됐네!"

올리버가 소리쳤다. 애비게일은 처량하게 훌쩍대기 시작했다.

"여기 앉아서 대표인 척하는 네 얘길 들어주는 건 이걸로 충분해. 우린 이제 네 속이 뻔히 보여, 이 형편없는 계집애야. 우린 다 너한테 질렸다고. 알아들어?"

"그래, 알아들어!"

롤라는 블라썸에게 위협적으로 다가갔다.

"네가 애들한테 얘기한 거지, 그렇지? 내가 말했던 거에 살까지 덧붙여 지껄였겠지. 그날 네가 왜 그렇게 아부를 떨고 살랑거리며 그 너저분한 치마를 찢었는지 놀랍지도 않다. 그런 식으로 나한테 말을 걸어서 그걸 왜곡해 다른 애들한테 떠벌렸겠지. 넌 미쳤어. 돌았다고. 완전히 미쳤어!"

롤라는 블라썸 앞에서 손을 펴 흔들어댔다.

"넌 네가 무슨 짓을 했는지도 모르지? 나한테 상처 준 만큼 애들한테도 상처 줬다는 거 아니? 넌 내 뒤통수를 치려고 쟤들을 그냥 이용한 거라고! 넌 모든 걸 망쳐버릴 거야! 이건 잔인한 짓이야!"

갑자기 롤라가 목소리가 낮추더니 한 발 앞으로 다가가 고개를 흔들며 말했다.

"넌 다른 사람들은 안중에도 없지, 안 그래? 네 지방 덩어리만 신경 쓸 뿐이잖아. 이렇게 잔인하게 사람들을 배신하다니 넌—"

"접시가 숟가락하고 도망가버렸다."

애비게일에게 목소리가 들려왔다. 그들 모두 곧바로 일어서서 미친 듯이 춤을 추었다.

첫 번째로 춤추는 도중에 윙 소리와 딸가닥 소리가 나더니 음식이 바닥으로 굴러 나왔다. 불안과 희망으로 범벅이 된 그들은 아무것도 바꾸지 않은 채 그 춤을 똑같이 반복했다. 그러자 다시 한 번 음식이 나왔다. 다들 혼란과 놀라움으로 숨을 헐떡였다.

춤을 출 때마다 음식이 계속 나오긴 했지만 애비게일은 어떻게 기계가 작동하게 된 건지 알아내려 애썼다. 그녀는 직전에 느꼈던 소름 끼치는 예감이 떠올랐다. 그리고 잠시 동안 답이 바로 거기에 있는 게 아닐까 생각했다. 하지만 애비게일은 돌연 그에 대해 생각하는 게 무서워졌다. 그녀는 춤추는 일에만 몰두하고 싶었다. 춤추고, 또 춤추고, 먹고, 잊어버렸다.

13

"우리가 뭘 했기에 기계가 작동한 걸까?"

블라썸이 말했다.

올리버는 그 답이 무엇인지 알 수 없었다. 그는 아직도 롤라에게 분이 풀리지 않았다. 고약하게 고집을 부리고 블라썸의 질문을 별 거 아니게 만들고 싶었다.

"그냥 다시 작동하기로 한 것뿐이야."

올리버는 그렇게 말하고 어깨를 으쓱했다.

"아냐, 그럴 리가 없어."

롤라가 손톱을 씹으면서 말했다.

"틀림없이 이유가 있을 거야. 이 빌어먹을 기계는 하나하나에

다 이유가 있단 말이야."

"네…… 네 말이 맞아. 늘 이유가 있었어."

애비게일이 머뭇거리며 말했다.

"아, 도대체 넌 왜 항상 재가 맞다고 생각하는 건데?"

올리버가 애비게일에게 따졌다.

"넌 블라썸이 롤라 얘기 하는 거 못 들었어? 왜 저런 멍청한 계집애한테 관심을 가져?"

"그래도……."

애비게일이 말했다. 곧 울음을 터뜨릴 것 같았다.

"그래도…… 난 롤라가…… 그냥……."

"그만 좀 징징대!"

올리버가 갑자기 화를 내며 소리 질렀다.

"네가 바보같이 징징대는 거 정말 지긋지긋해."

올리버가 애비게일의 머리채를 움켜쥐더니 거칠게 흔들었다.

"접시가 도망갈 때 그녀는 올리버의 음식에서 조심하는 집 안의 벌거벗은 사람을 잡아먹어 버렸—"

목소리가 그들 모두에게 말했다. 불빛이 다시 번쩍였다. 기계가 멈춘 지 오 분도 지나지 않았는데 불빛이 밝게 깜빡거렸다. 그들은 춤을 추었다.

"도대체 왜 이러는 거야?"

애비게일은 눈물을 흘리며 큰 소리로 말했다. 그녀가 들여다보고 싶어 하지 않는 마음속 어딘가에는 끔찍한 대답이 기다리고 있었지만, 계속 물어볼 수가 없었다. 애비게일은 몸을 숙여 손으로 계단을 짚었다가 다리를 공중으로 치켜들어 돌고는, 계단참으로 내려가 허리를 감싸는 올리버의 품 안에서 몸을 뒤로 젖혔다가 일어났다.

"뭐가 기계를 작동시킨 거지?"

애비게일은 계단으로 다시 물러났다.

"우리가 싸웠기 때문일까?"

그녀는 계단참을 향해 고개를 숙이고 발끝을 들었다.

"기계는 우리가 싸우길 원하는 걸까?"

롤라는 한 바퀴 돌고는 소리쳤다.

"아니!"

그녀는 귀에 거슬리는 소리를 지르면서, 구멍 주위를 춤을 추며 돌았다.

"아, 세상에. 내 생각엔…… 단지 싸움만은 아닌 것 같아."

롤라는 한 바퀴 돌고 소리쳤다.

"우린 전에도 싸웠어. 이번엔 그것만이 아냐. 제길, 이건 틀림없이……."

그녀가 다시 한 바퀴 돌고 소리쳤다.

"블라썸이 비열한 짓을 하고 날 배신했어. 다음엔 올리버가 그것 때문에 널 못살게 굴었고. 그게 바로 기계가 원하는 거야!"

음식이 천천히 규칙적으로, 하나씩 하나씩 계단참으로 굴러 나
왔다.

14

롤라가 약간 비틀거리며 뒤로 물러나 앉아 마지막 음식을 삼켰다. 다른 때와 달리 모두 푸짐하게 잘 먹었다. 이곳에서 보낸 오랜 시간 중 처음 있는 일이었다. 물론 더 먹을 수도 있겠지만, 끊임없이 괴로운 배고픔의 고통은 이미 사라졌다. 하지만 그 고통은 더 나쁜 것으로 대체되었다.

롤라는 지금까지 이곳에서 꽤 잘 견뎌왔다고 생각했다. 예를 들면 담배가 떨어진 후 금단증상으로 힘들었지만, 담배 없이 지내는 게 훨씬 낫다는 걸 깨달으면서, 사실 담배를 끊게 된 걸 기뻐했었다. 게다가 여기서 시작한 달리기 훈련은 이곳의 끔찍한 지겨움을 줄여줄 뿐 아니라 육체적으로도 만족감을 높여주었다. 물론 이곳에 있는 건 싫었지만 그녀는 어쩌면 그럭저럭 견딜 수 있을 것 같다는 기분이 들기 시작했다.

그러나 이제는 뭔가 다른 일이 일어나고 있었다. 그 생각만 하면 불안해서 자기도 모르게 어깨에 경련이 일었다. 그녀를 둘러싼 계단은 단순히 황량하고 차가운 느낌을 주는 것을 넘어서, 허공에 위협적으로 존재하는 실물로 다가왔다. 계단은 이제 전혀 다르게 보였고 롤라는 갑자기 그 모습이 두려워졌다.

애비게일이 헛기침을 하고는 롤라를 돌아봤다.

"춤출 때 네가 했던 말 있잖아. 블라썸이 네가 우리에 대해 얘기한 걸 어떻게 전했을지는 알지? 그리고 올리버가 내 머리채를 잡아당겼고. 이 일들이 어떻게 기계를 작동시켰을까?"

"응?"

롤라는 심장이 격렬하게 뛰는 게 느껴졌다.

"하긴…… 하긴, 이건 완전히 미친 소리야."

애비게일이 대답을 재촉하듯이 몸을 앞으로 내밀었다.

"기계가 뭐하러 우리한테 그런 걸 시키겠어?"

"기계가 뭐하러 우리한테 지금까지 그 모든 미친 짓을 시켰겠니?"

"그래도…… 그래도 너무 끔찍하잖아. 어떻게 우리한테 그렇게 끔찍한 일을 시키겠어?"

"끔찍하다고?"

올리버가 눈을 치켜뜨며 물었다.

"블라썸은 진실을 말했을 뿐이야. 난 그 말이 맞다고 봐. 기계는 우리에게 항상 진실만을 말하게 하려는 거야."

"뭐라고? 뭘 말한다고?"

블라썸이 놀라서 말했다.

롤라가 끼어들었다.

"그래. 아주 듣기 좋은 말씀이야. 근데 넌 어쩌다 쟤가 말하는 건 다 진실이라고 확신하게 된 거야?"

"전부 다 맞는 말이니까."

올리버가 자신만만한 표정으로 말했다.

"네가 블라썸에게 한 우리 얘기. 그게 진실이라고 믿는 이유야. 블라썸이 뭐하러 그런 걸 지어내겠어?"

"맞아."

블라썸이 거만하게 말했다.

"왜 내가 너에 대해 없는 말을 지어내겠어?"

"이유야 아주 많지."

롤라는 절망적이고 피곤한 표정으로 한숨을 쉬었다. 피터가 눈을 동그랗게 뜨고 그 모습을 바라봤다. 롤라는 손을 내젓고는 팔을 축 늘어뜨렸다.

"피터, 그냥 자든 뭘 하든 하던 거나 해. 이제 여긴 완전히 엉망이 될 테니까."

"난 롤라가 무슨 얘길 하는지 모르겠어. 기계가 우연히 어떤 순간에 다시 작동한 게 무슨 의미라도 있다고 생각하나 봐."

블라썸이 재빨리 말했다.

롤라는 자리에서 일어났다.

"아, 난 네가 뭐라고 말하든 신경 안 쓰니까, 계속 떠들어. 그런다고 뭐가 달라지겠니, 너야 기계가 하라는 대로 다 할 텐데."

롤라는 아이들을 떠나 비참한 생각에 잠겨 돌아다녔다. 그녀는 우연히 그런 일이 일어났을 때 기계가 작동했을 뿐이라고 자신을 설득하려 했지만 잘 되지 않았다. 모든 것이 너무 잘 들어맞았다. 그들은 춤을 정확하게 추었고, 기계는 음식이 나온다는 신호를 내보냈지만 음식은 나오지 않았다. 그런데 블라썸이 오랫동안 참아왔던 케케묵은 비밀을 아이들에게 털어놓고, 올리버가 애비게일을 괴롭히자 두 번 다 즉시 기계가 반응을 보였다. 정황상의 증거밖에 없지만 롤라는 기계의 의도가 그들 모두를 서로 싸우게 만들려는 것이라고 확신했다. 그것이 바로 이 끔찍한 곳이 바라던 것이었다.

앞으로 우리는 어떻게 될까. 굶주림에 허덕이며 서로를 죽이는 적이 되는 걸까? 이를 곰곰이 생각하던 롤라는 목덜미에 소름이 돋았다. 블라썸이야 어차피 늘 하던 대로 할 것이다. 하지만 올리버라면 어떨까? 애비게일은? 롤라는 머리를 흔들었다. 생각하기가 힘들었다. 음식은 이곳에서 가장 중요한 것이다. 그녀는 사람들이 몹시 굶주리면 음식을 얻기 위해서 무슨 짓이라도 할 수 있다는 사실을 잘 알고 있었다.

롤라는 힘이 쭉 빠져버려 갑자기 계단에 털썩 주저앉았다. 뺨 위로 눈물이 쏟아지고, 어느 때보다 비쩍 야윈 몸이 들썩이는 게 느껴졌다. 그녀는 지금 벌어지는 일에 저항할 수 있는 수단이 아무것도 없이 속수무책이었다. 게다가 다른 아이들은 같이 뜻을 모아 맞서기는커녕, 현실을 인정조차 하지 않으려고 했다. 그녀는 완전히 혼자였다. 아이들은 생각 없는 로봇처럼 기계의 지시를 따를 테고, 결국 자신도 그렇게 될 것이다.

그때 발소리가 들려왔다. 롤라는 벌떡 일어났다. 저 멀리 아래쪽에서 짧은 금발 머리의 사람이 단호한 걸음걸이로 계단을 오르고 있었다.

15

　그는 롤라가 놀라리라는 것을 알았다. 사실 그녀가 그렇게 반응하리라는 짐작이, 그가 스스로 아이들에게서 떠난 까닭 중 하나이기도 했다.

　"화, 화장실 가야 돼."

　다른 아이들이 도저히 못 믿겠다는 얼굴로 입을 벌리고 쳐다보자 그는 그렇게 변명했다.

　그 순간 올리버는 왜 그리 불쾌해 보였을까?

　"넌 평소에 내가 도와주는 걸 좋아했잖아. 안 그래?"

　올리버가 일어서며 그에게 물었다.

　"그랬어."

피터는 재빨리 대답하고 서둘러 자리를 떠났다.

"도대체 뭘 하는 거야, 너 혼자 돌아다닌 거니?"

롤라가 있는 계단의 중간쯤에 피터가 도착하자 그녀가 말했다.

"제발…… 계, 계단참으로 가지 않을래? 여기…… 여기서는 좀 불편해."

"좋아, 알았어."

롤라는 피터를 조금 의심스러운 눈초리로 보며 말했다.

"알았어, 네 말대로 하자."

계단참은 그리 멀지 않은 곳에 있었다. 피터가 계단참에서 위로 올라가는 계단에 기대어 털썩 주저앉자, 그동안 겪은 마음고생 때문에 식은땀이 흘러내렸다. 롤라는 눈을 반쯤 감은 채 그를 바라보며 서 있었다.

피터는 어디서부터 시작해야 할지 몰랐다. 정말로 어떤 이야기부터 해야 할지 생각해보지 않았다. 그가 아는 것이라곤 자신의 느낌뿐이었고, 막상 롤라와 맞닥뜨리자 머리가 텅 비어버렸다. 롤라가 조바심 내는 표정을 짓자 마침내 입을 열었지만, 튀어나온 것은 조심스럽게 준비했던 말이 아니라 그의 생각 중 핵심만을 담은 직설적이고 기본적인 사실이었다.

"너, 너는…… 기계가 하자는 대로…… 하지 않을 거지?"

"뭐?"

롤라가 눈을 동그랗게 뜨고 피터 쪽으로 몸을 기울였다.

"무슨 말이야?"

"아니, 그게 아니라…… 너 몰라?"

롤라의 반응은 피터의 기대에 미치지 못했다. 그는 자기가 일을 망쳐버린 것 같았다. 그는 애써 다시 이야기를 꺼냈다.

"블라썸이 뭐라든 난 상관 안 해. 그 기계 말이야. 네가 그 기계가 지금 우리한테 뭘 원하는지 말했잖아. 내, 내 생각에 너는…… 그 기계가 하라는 대로 하지 않을 것 같아서……. 걔들은 그렇게 하겠지만……."

갑자기 마음이 급해지면서 말이 입에서 주르륵 튀어 나갔다.

"걔들은 기계가 하라는 대로 할 거야. 난 알아. 그래서 더 무서워졌어. 하지만 네, 네가 어떻게 할지, 어떤 건 절대 안 할지…… 생각해봤어. 그랬더니…… 안 무서워졌어. 그래서 나도 같은 생각이라고…… 말하고 싶었어. 우리 둘이 같이 거부하면, 어쩌면 다른 애들도 거부하거나 뭐 그럴지도 몰라. 잘 모르겠지만, 같이 해보자. 나…… 나 배도 전혀 안 고프거든."

피터는 롤라의 얼굴을 쳐다보기가 두려워서 다리 사이에 머리를 묻고 아래를 내려다봤다.

침묵 속에서 수백 가지의 끔찍한 생각들이 머리를 스치고 지나갔다. 롤라가 비웃음을 터뜨릴까? 아니면 웃기는 녀석이라고 생각할지도 몰라. 롤라를 잘못 봤을지도 모르지. 기계가 하자는 대로 하고 싶어 할지도 모르잖아. 롤라는 다른 아이들, 특히 나한테 싸움을 걸 계획을 짜고 있었을 수도 있어. 블라썸 말을 생각해봐. 롤라는 나를 보잘것없는 약골이라고 생각한댔어. 롤라는 나를 믿지 않을 거야. 나를 신뢰하지 않을 거야. 나를 비웃을 거야—

무언가 몸에 닿아 피터의 생각이 멈췄다. 고개를 올려다보니 롤라가 옆에 무릎을 꿇고 앉아서 그의 어깨에 손을 얹고 있었다. 게다가 가장 놀라운 것은 롤라의 눈이 눈물로 가득 차 있다는 것이었다.

"피터."

롤라가 잠긴 목소리로 말했다.(롤라가 우는 걸까? 어떻게 그럴 수가 있지?)

"피터, 우리가 해낼 수 있을까? 정말 우리가 해낼 수 있을까?"

"그래도…… 그래도 넌 해내고 싶지 않아? 그래, 할, 할 수 있을 거야, 네가 원하기만 한다면."

"그리고 네가 원하기만 한다면."

롤라가 피터의 어깨를 꽉 움켜쥐며 말했다.

"이제 혼자가 아냐. 아무리 나라도……."

롤라는 눈물을 흘리면서도 웃음을 지었다. 그녀가 사람들 앞에서 눈물을 흘리는 것은 처음 보는 모습이었다.

"아무리 나라고 해도 혼자서는 해내지 못했을 거야. 네가 필요해. 네가 정말 중요해. 무슨 말인지 알겠니?"

"으응…… 그런 것 같아."

피터는 혼란스러워하며 말했다. 이런 걸 기대한 것은 아니었다. 처음에는 롤라의 눈물에 충격을 받았지만, 지금은 그녀가 혼자서는 못 해냈을 거라고 담담히 인정하는 것에 놀랐다. 피터는 그녀가 평소처럼 의기양양해서, 도와주겠다는 제안을 별로 도움은 안 된다는 듯—사실 전혀 도움이 안 될 게 분명하지만!—대수롭지 않게 받아들이는 척하리라 짐작했다. 그러나 뜻밖에도 롤라는 그의 도움에 진짜로 의지하는 것처럼 보였다. 그것은 무엇보다도 놀라운 일이었지만, 기쁜 일은 아니었다. 책임감은 끔찍하게 무섭고 견디기 힘들었다. 지금까지는 누구도 그를 믿고 의지한 적이 없었다. 그는 그 정도로 강하거나 훌륭하지 않았다. 자신이야말로 항상 올리버나 재스퍼 같은 친구들에게 기대왔다. 재스퍼가 항상 그를 돌봐 줬었다. 재스퍼……

"야!"

롤라의 목소리가 다시 딱딱하고 날카로워졌다.

"피터! 정신 차려!"

"어?"

그는 눈을 깜빡이며 롤라를 쳐다봤다.

롤라의 눈에는 눈물이 사라졌고 입은 굳게 다물어져 있었다.

"피터, 할 얘기가 있어. 잘 들어."

여전히 피터의 어깨를 잡고 있는 롤라는 가끔씩 자신의 이야기를 강조하려고 손을 흔들었다.

"우리가 하려는 일은 점점 더, 진짜로 어려워질 거야. 하지만 이건 꼭 기억해둬. 네가 스스로 온 거야. 난 아무것도 강요하지 않았어. 무슨 이야긴지 알겠지?"

피터가 고개를 끄덕였다.

"좋아, 절대 잊지 마."

롤라는 잠시 생각을 정리하려는 듯 먼 곳을 보며 입술을 깨물었다. 그리고 다시 이야기를 시작했다.

"이것도 기억해둬. 우리가 싸우는 상대가 누구인지. 이 장소와 여길 만든 인간들. 도대체 뭐 하는 짓이든 간에 교활한 놈들이야. 정말 교활해. 여길 완전히 장악하고 있고. 모든 게 그쪽 편이야. 그놈들은 세상의 모든 기계를 갖고 있고, 우리를 함정에 가뒀어. 그리고 우리에게 하고 싶은 일은 뭐든 할 수 있어. 게다가 우린 가진 게 아무것도 없잖아. 몸뚱이와 머리 말고는 싸울 수 있는 게 없어. 우리가 무슨 실수라도 했다간 그놈들이 그걸 이용할 거야. 그러니까 우린 절대 실수하면 안 돼. 알겠지?"

피터가 다시 고개를 끄덕였다.

"내가 무슨 말 하는지 알지, 그렇지? 넌 이제…… 공상인지 몽상인지 모르겠지만 절대로 그 상태에 빠지면 안 돼. 우릴 공격하는데 그걸 이용할 거야. 방법은 모르겠지만, 어떻게든 이용하고 말거야. 방심하면 안 돼. 안 그럼 다 실패하고 말아. 피터! 내 말 들리니? 정신 바짝 차리란 말이야!"

"하지만……."

피터가 말했다.

"하지만……."

롤라가 무슨 말을 하는 걸까? 어떻게 공상을 멈추라는 거지? 공상은 어지럽고 황량한 이곳, 올리버가 잔인해졌다 친절해졌다 하는 이곳에서 유일한 위안이었다. 그리고 어찌되었든 피터가 억제할 수 있는 게 아니었다. 공상이 안개처럼 다가와 모든 것을 뒤덮어버리면, 그가 할 수 있는 일은 아무것도 없었다. 그걸 만들어낸 것은 그가 아니었기 때문이다. 뭔가 다른 것이었다.

"하지만…… 하지만 난 못해."

피터가 계속 말했다.

"나, 난 어쩔 수 없어. 일부러 그러는 게 아니라 저절로 벌어지는 일이야."

"그래도 넌 어쩔 수 있어야 돼!"

롤라가 그의 어깨를 쥐어짜듯 움켜쥐자 손톱이 어깨뼈를 아프게 파고들었다.

"넌 어떻게든 해야 돼. 네가 멈추지 못하면, 우린 지는 거야. 저절로 벌어진다는 허튼소리는 하지 마. 너 말고는 할 수 없어. 바로 네가 하는 거란 말이야!"

"내…… 내가?"

"당연히 너지!"

롤라가 손짓을 하느라 그의 어깨를 놓아주었다. 그러고는 목소리를 낮춰서 물었다.

"그런데 그 공상이란 건 어떤 거야?"

"그건……."

말로 표현하기 힘들었기 때문에 당황스러웠다. 하지만 피터는 그녀의 얼굴을 보고 어떻게든 해봐야 한다는 걸 알아차렸다. 롤라에게 그 일에 대해 조금이라도 말해주지 않는다면, 혼자서 롤라를 찾아 올라온 그 힘든 발걸음은 아무 쓸모 없어질 것이다.

"음, 그건……."

피터가 한숨을 쉬었다.

"우리가 처음 여기 왔을 때 너한테 얘기했던…… 처음에 지냈던 그, 좋았다는 고아원 생각나?"

"응, 생각나."

롤라는 피터를 격려하듯 고개를 끄덕이며 진지하고 관심을 기울이는 표정을 지었다.

"꼭…… 그때로 돌아간 것 같았어. 거기랑은 약간 다르고, 더 좋고…… 뭐랄까, 신비하기는 했지만. 그리고 그 애가…… 있었어."

피터는 마치 속삭이듯 말했다. 그는 지금까지 누구에게도 재스퍼에 대해 이야기한 적이 없었다.

"그 애는…… 내 친구였어, 그 애는. 우리는 항상 함께였어. 재스퍼, 이름은 재스퍼였어. 꼭 올리버처럼…… 생겼어. 그리고 그 애가 내 꿈에서…… 그 신비한 방에서 나를 돌봐 줬어…….”

피터는 울기 시작했다. 목이 메고 눈물이 솟구쳤다.

“나를 돌봐 줬어……. 그 애는 항상 나를 돌봐…… 나를 돌봐 줬어. 그리고…… 날 사랑해줬어.”

피터는 흐느끼며 몸을 들썩이고 손으로 눈을 가렸다.

롤라는 아무 말이 없었다. 마침내 피터가 손을 내리고 그녀를 바라봤다. 롤라는 아직도 그를 골똘히 바라보고 있었지만, 표정은 부드러웠다.

“그때가 네 인생 최고의 시간이었겠구나.”

롤라가 나지막이 말했다.

“응.”

“그리고 지금은 최악의 시간이니까, 넌 그때로 돌아가고 싶은 거고 말이야.”

“그, 그런 걸까?”

“확실히 그런 것 같아. 그리고…… 어떤 면에서는 나도 이해가 돼. 너는 첫 고아원을 떠나고 나서는 내내 괴롭힘을 당했고, 뭔가에 쫓겨 결국 여기까지 왔어. 그런데 여기는 모든 것들이 무시무시하니까, 넌 그냥 포기해버리고 그곳으로 돌아가려 한 거야. 말이 되지 않아?”

“응…… 응, 그런 것 같아.”

“나도 네가 얼마나 거기로 돌아가고 싶었을지 이해가 돼.”

롤라가 계속 말했다.

"하지만 들어봐. 그보다 더 좋은 게 있으니까. 여길 박살내고 이겨버리는 거야. 피터, 그럼 정말 끝내줄 거 같지 않니? 안 그래?"

롤라가 간절한 눈빛으로 몸을 기울이며 피터의 어깨에 다시 손을 얹었다.

"그리고 만약 우리가 이기지 못한다면……. 제기랄, 그러면 그 염병할 기계가 원하는 대로 되겠지. 너도 알잖아. 그래서 날 찾으러 여기까지 올라왔고."

"응."

피터가 그녀를 보며 고개를 끄덕였다.

"응, 어떻게 될지 알아. 정말 끔찍할 거야."

"그렇다면 네가 꿈속으로 돌아가는 건 전혀 도움이 안 돼. 우리가 이기려면, 바로 여기가 그 꿈보다 더 좋아지리라는 걸 네가 깨달아야 해. 피터, 할 수 있겠니?"

"아, 모르겠어!"

갑자기 피터가 고통스러워하며 소리를 지르고 주먹을 꽉 쥐었다.

"어떻게 공상을 멈추지?"

"괜찮아. 괜찮아."

롤라는 피터의 갑작스러운 폭발에 놀란 것 같았다.

"한 번에 되지는 않을 거야. 때로는 꿈속으로 돌아가야 할지도 모르지. 그래도 내가 한 말을 잊지 마. 그럴 수 있겠니? 그게 우리의 유일한 희망이야."

"잊지 않을게."

피터가 깊게 숨을 쉬었다. 그리고 롤라의 눈을 똑바로 응시했다. 이상하게도 재스퍼 이야기를 하고 나자 예전과 달리 롤라를 똑바로 볼 수 있게 되었다.

"그런데…… 어떻게 해야 기계에 맞서 싸울 수 있을까? 뭘 할 수 있을까?"

롤라가 한숨을 쉬면서 일어서서 좁은 계단참을 분주히 서성거렸다.

"제기랄."

롤라는 마치 피터가 거기 없는 것처럼 입속으로 혼잣말을 중얼거렸다.

"제기랄, 점점 더 힘들어질 거야. 지랄 맞게 힘들어질 거라고."

롤라가 갑자기 피터 쪽으로 몸을 휙 돌리더니 그를 향해 말했다.

"왜냐하면 우린 한꺼번에 두 상대와 싸워야 하니까. 기계만이 아니야. 다른 애들도 적이야. 우린 걔들하고도 싸워야 한다고."

"저…… 정말?"

"너도 그렇게 말했잖아. 걔네들은 기계가 하라는 대로 할 거라고. 네 말이 맞아. 제기랄! 한 명만 더 우리 편이 되어도 3대 2로 싸울 수 있을 텐데. 혹시 애비게일이라면……. 아니, 안 되겠지."

롤라가 한숨을 쉬었다.

"어쨌든 우리가 할 수 있는 게 딱 하나 있어. 일단 맨 처음 할 일은 애들한테 우리가 뭘 하려는지 말하고, 우리 편이 되어달라고 부탁하는 거야."

롤라가 먼 곳을 응시하며 양손을 너무 꼭 쥔 탓에 피터는 그녀의 가느다란 팔에 솟은 근육을 볼 수 있었다.

"혹시…… 혹시 애비게일이 우리랑 함께하지 않는다면, 음, 올리버는…… 어때?"

"뭐? 올리버? 농담하니?"

롤라가 팔을 풀더니 무시하듯 콧방귀를 뀌었다.

"올리버라니? 피터, 어떨 때 보면 넌 정말 영리해. 난 이제야 알았지만. 그런데 어떤 땐 미련한 것 같아. 올리버라니? 잠깐이라도 생각을 좀 해봐, 올리버는 심지어 —"

롤라는 피터의 표정을 보고 말을 멈췄다.

"피터, 들어봐."

그리고 조심스럽게 말을 이어갔다.

"나도 네가 올리버를 어떻게 생각하는지 알아. 이제 조금은 이해할 수도 있겠고. 올리버가 네가 돌아가고 싶어 하는 그때의 그 친구랑 닮았다는 거 알아. 하지만 걔를 믿어선 안 돼."

롤라는 갑자기 피터에게서 떨어져 눈을 똑바로 뜨며 말했다.

"날 안 믿는 거지, 그렇지? 블라썸 말대로 내가 걔를 그냥 싫어하는 거라고 생각하니?"

"아냐……. 올리버 이야기는 네 말이 맞을 거야. 그래도……."

"피터, 내 말 들어봐."

롤라는 천천히 또박또박 말했다.

"올리버는 네가 공상에 빠지는 걸 좋아해. 널 깨울 수 있는 건 자기뿐이니까. 올리버는 네가 무력해지길 바란다고. 그래야 자신이 더 강해질 수 있잖아. 모르겠니? 걔는 널 이용하는 거야."

"하지만……."

피터는 다시 울먹였다. 롤라는 마법의 방에 맞서 싸워야 한다고 말하더니, 이제는 가끔씩이나마 올리버에게서 느꼈던 작은 위로마저 버리라고 한다. 그건 받아들이기가 너무 힘들었다.

"피터, 제발 부탁이야. 내 말을 들어봐."

롤라가 다시 그에게 간절히 말했다.

"블라썸이나 할 법한 소릴 해서 미안해. 정말 미안해. 어쩌면 이 말도 기계가 바라던 바인지 몰라. 하지만 올리버를 믿으면 믿을수록 넌 더 약해질 뿐이야."

롤라는 피터의 양 어깨를 쥐고 흔들었다.

"넌 스스로를 믿고 의지해야 돼. 내가 도와줄게. 물론 똑같을 수는 없겠지만, 도와줄게."

"알았어, 알았어."

피터는 눈물을 훔치고 그녀에게서 얼굴을 돌렸다. 롤라의 이야기는 충분히 들었다. 이제는 스스로 생각해야 했다.

"그럼 기계는……."

그가 목청을 가다듬고 말했다.

"기계 문제는 어떻게 해야 할까?"

"아, 그거."

롤라는 일어나 피터에게서 물러났다.

"그 기계. 우리가 할 수 있는 일이 하나 있어. 너도 그게 뭔지 나만큼이나 잘 알 거야. 난 입밖에 내지 않으려고 했지만, 넌 벌써 말했으니까. 알고 있어, 그렇지?"

피터가 고개를 끄덕였다.

"우린 기계가 원하는 대로 해선 안 돼. 다른 애들이 그렇게 한다고 동조해서도 안 돼. 그 말은 오랫동안…… 오랫동안 우리는, 우리는……."

피터가 롤라의 말을 마무리 지었다.

"우리는 먹을 수 없다는 뜻이지."

16

"피터는 저 위에 올라가서 롤라와 얘기하고 있을 거야."

블라썸이 말했다. 피터가 화장실에 가겠다고 떠난 지 한참이 지났다. 블라썸은 누구라도 몇 분 이상 기계에서 떠나 있으면 신경질을 부렸다. 자신이 계단참을 떠나야 할 때도 가능한 빨리 돌아왔고, 다른 아이들도 항상 주위에 머물게 하려 했다. 그녀는 기계가 작동할 기회를 잃어버릴지도 모른다는 사실을 참을 수 없었다.

"피터가 뭐하러 롤라하고 얘길 하겠어?"

올리버가 묘하게 긴장한 말투로 말했다.

"걔가 무슨 얘길 한다는 거야?"

"나야 모르지."

블라썸은 머리카락을 비비 꼬면서 위쪽의 계단을 또 살펴봤다.

"어쨌든 최대한 빨리 여기로 돌아오는 게 좋을 거야. 내가 할 말은 그뿐이야."

그동안 올리버와 함께 쓰던 계단에서 다른 계단으로 자리를 옮긴 애비게일은 자기 다리를 내려다보며 말했다.

"하지만 롤라 말이 맞다면 상관없잖아."

애비게일이 천천히 말을 이었다.

"기계는 누군가 다른 사람을 괴롭힐 때까지 음식을 주지 않을 테니까, 그때까지 그냥 걔들이 돌아오길 기다려도 되잖아."

애비게일의 목소리에는 보통 때와 달리 쓸쓸한 느낌이 담겨 있었다.

"그런 허튼소리를 믿는단 말이야? 세상에, 넌 생각보다 훨씬 멍청하구나. 롤라는 자기가 했던 얘기를 우리가 다 알게 되니까 정신이 나간 것뿐이야. 롤라는 자기가 무슨 얘길 하는지도 몰랐다니까. 모든 건 그냥 우연이야. 블라썸이나 내가 한 행동과는 아무런 상관없어."

올리버가 말했다.

블라썸은 올리버의 말에 동의하지 않았지만 아무 말도 하지 않았다. 아직 롤라가 맞는지 확신할 수 없었으나 그녀는 롤라의 말이 맞기를 바랐다. 기계가 원하는 일이 롤라의 주장대로라면 자신이 가장 경험이 풍부하다는 사실을 블라썸은 잘 알고 있었다. 그러니 다른 아이들보다 훨씬 형편이 나을 수도 있다. 블라썸은 롤라의 이론을 실험해볼 기회를 애타게 기다렸다. 그리고 실험 삼아 무엇을 해볼까 생각하기 시작했다. 금세 좋은 생각이 떠올랐다.

"피터는 틀림없이 롤라와 얘기하고 있을 거야."

블라썸이 입을 열었다.

"둘이 뭔가 꿍꿍이를 꾸미는 게 분명해."

"도대체 무슨 소리야?"

올리버가 물었다. 다리를 내려다보던 애비게일도 고개를 들었다.

"아, 나도 잘 몰라."

블라썸이 주저하듯 먼 곳을 바라보며 손가락으로 입술을 만지작거렸다.

"내 말은, 물론 기계가 우리끼리 서로 괴롭히길 원한다는 롤라의 생각은 정말 유치하고 바보 같아. 하지만 걔는 그렇게 믿고 있잖아, 안 그래? 그렇다면 롤라는 기계를 작동시키려고 무슨 짓을 할지도 모르잖니? 우릴 공격한다든가, 뭐 그런 거. 그리고 너희도 피터가 어떤 앤지는 잘 알잖아. 누구라도 마음만 먹으면 피터에게 무슨 짓이라도 시킬 수 있어. 걔네들은 틀림없이 그러고 있을 거라고."

"아, 제발."

애비게일이 애원했다.

"그런 소리 좀 그만해. 도대체 말이 안 되잖아. 롤라가 그 말을 하

면서 어떻게 행동했는지 기억 안 나니? 그 앤 그 생각 자체를 싫어
해! 롤라는 그런 일을 할 애가 아냐."

"넌 도대체 왜 항상 롤라 편을 드는데?"

올리버가 애비게일을 의심스러운 눈으로 보며 물었다.

"롤라가 진짜 뭘 하고 싶어 하는지 네가 어떻게 알아? 왜 사사건
건 따지는 거야?"

"하지만 올리버, 난 이해가 안 돼. 네 말은 지금 계속 바뀌잖아.
기계가 이제 우리한테 뭔가 다른 걸 원한다고 한 건 너였어. 그러
더니 조금 전엔 그냥 다 우연이라고 하고."

"그래서 뭐? 난 맘대로 얘기할 수 있어. 너한테 한 말을 일일이
설명해줄 필요는 없다고. 그리고 난 롤라에 대해서는 블라썸이 맞
다고 봐."

"들어봐."

블라썸이 입을 열었다.

"발소리가 들려. 걔들이 오고 있어."

블라썸은 처음으로 짜증이 나기보다 피터와 롤라가 무슨 꿍꿍
이인지 궁금해지기 시작했다. 둘이 동시에 계단참에 도착한 걸로
봐서는 틀림없이 같이 있었을 것이다. 앞장선 롤라는 축 늘어진 모
습으로 아이들의 눈치를 보았고, 피터는 롤라 뒤에 약간 구부정한
자세로 서 있었다.

"저기, 내 말 좀 들어봐."

아무도 롤라를 반기지 않았으나 잠시 후 그녀는 말을 시작했다.

"음, 피터와 난…… 우린 얘길 나눴어. 그리고—"

"그래, 우리도 너희가 그럴 줄 알았어."

올리버가 악의에 찬 목소리로 내처 말했다.

"저 위에서 음모를 꾸몄겠지."

"제발."

롤라가 말했다.

"제발, 이번 한 번만이라도 허튼소리는 다 잊고 날 좀 믿어줘. 제 발 부탁이야, 믿어줘. 이건 정말 중요한 얘기이니까 망치지 말아 줘."

롤라는 양손을 꼭 마주 잡았다. 그녀는 쉰 목소리로 진지하게 말했다.

"뭐냐 하면, 이 기계는……. 너희가 인정하든 말든 상관없이, 기 계가 뭘 하려는 건지는 너희도 알 거야. 우리 모두 서로에게 등 돌 리게 하는 거지. 위에서 생각해봤어. 저 기계 뒤에는 반드시 사람 들이 있을 거야. 그리고 그들은 우리를 관찰하고 있어. 그렇지 않 다면 언제 기계를 *끄*거나 켜야 할지 모를 테니까. 우리는 그 사람 들이 이런 식으로 우리를 조종하고 끔찍한 짓을 시키도록 놔둬선 안 돼. 우리가 지금 지시를 따라버리면 나중에는 무슨 짓을 시킬지 알 수 없어."

롤라는 아이들을 한 명씩 바라보았다. 전혀 반응이 없었다. 그녀는 깊이 숨을 들이켰다.

"그래서 피터와 난…… 우리는 기계를 따르지 않기로 결심했어. 이건 피터의 생각이기도 해. 우리가 모두 함께 기계에 맞서 싸우면, 그들도 우리를 조종할 수 없다는 사실을 깨닫게 될 거야. 그들은 포기하고 우리는 승자가 되는 거지. 하지만 누구라도, 단 한 명이라도 그들 편에 서서 기계를 따른다면 그들은 우리 모두를 차지하기 위해 끊임없이 시도할 거야. 그러면 우리가 가진 기회는 거의 사라지겠지. 그러니까 제발 함께 맞서 싸우자."

롤라가 한숨을 쉬었다. 그러고는 고개를 한쪽으로 기울이고 손을 입가로 가져가 엄지손톱을 깨물었다. 그녀는 기다렸다.

"하지만 어떻게?"

애비게일이 물었다.

"어떻게 맞서 싸워? 우리가 뭘 할 수 있는데?"

"음."

롤라가 불편한 듯 잠깐 헛기침을 했다.

"물론 그게 가장 어려운 점이야."

롤라는 잠시 말을 멈췄다.

"우리가 할 수 있는 건 기계가 원하는 일을 거부하는 것뿐이야. 단지 거부하는 것뿐이지. 물론 그 말은 당분간 우리가 충분히 먹을 수 없다는 뜻이기도 해, 하지만—"

블라썸에게 있어서 음식은 전부였다. 먹을 수 없게 된다고? 그

걸 어떻게 참아! 블라썸은 이 이야기를 중단시켜야 했다. 다시 주도권을 잡기 위해 뭔가를 해야 했다. 아주 쉽게 방법이 떠오른 그녀는 킥킥대기 시작했다.

롤라는 말을 멈추고 블라썸을 돌아보며 얼굴을 붉혔다. 애비게일과 올리버, 피터마저도 놀란 눈으로 그녀를 쳐다봤다.

"아, 미안해."

블라썸이 헐떡이며 말했다. 킥킥거리던 웃음은 이제 박장대소로 변했다.

"아!"

그녀는 앞뒤로 몸을 흔들며 손으로 눈물을 닦아냈다.

"아, 이런!"

그녀는 딸꾹질 소리를 내더니 통통한 손으로 입을 가린 채 눈을 굴리며 한 명씩 둘러보았다.

"미안해."

마침내 블라썸이 웃음을 멈췄다.

"그런데 도저히 못 참겠더라고. 롤라가 하려는 말은 진짜로 용감하고 희생적인 것처럼 들리지만, 하려는 짓은 너무 뻔해. 우리가 그 말에 홀라당 넘어갈 줄 알았나 봐. 정말 웃겨 죽겠어. 아, 그러고 보니 머리카락도 저렇게 위로 세웠네. 머리 모양으로 영웅처럼 보이려고 했던 모양이지! 진짜 심하다."

그토록 좌절한 롤라의 모습은 처음이었다. 롤라는 한 손으로 머리를 만졌다. 그리고 자신의 계단으로 가서 말없이 앉아 피터에게 의미심장한 눈길을 보냈다. 블라썸은 그런 눈빛이 싫었다.

"그게 무슨 소리야? 네가 무슨 말을 하는지 모르겠어."

애비게일은 무척 혼란스럽고 당황한 것 같았다. 올리버는 자신의 감정을 간신히 억누르는 게 분명했다.

"그게 무슨 말이야? 롤라가 진짜로 하려는 거라니? 넌 왜 롤라를 안 믿는데?"

"난 그냥 안 믿을 뿐이야."

블라썸이 대답했다. 그녀는 이제 화가 치밀었다. 롤라의 눈초리는 블라썸이 그런 식으로 반응하리라는 걸 예상했다는 사실을 명확히 보여주었다. 이건 롤라와 피터가 자신을 공격하려고 짠 음모였다.

"넌 쟤가 얘기하는 거 못 들었니? 기계가 우리끼리 서로 해치도록 만들고 싶어 한댔지. 그게 바로 롤라가 하려는 거야. 잰 우리를 속여서 우리가 얼마나 멍청하고 잘 속아 넘어가는지 증명하려는 거라고. 그러곤 우리를 비웃으면서 굶주리게 할 거야. 자기가 그렇게 말했잖아. 그리고 나서 혼자 웃겠지. 모르겠니?"

블라썸의 목소리는 다급해지며 날카로워졌다. 모두들, 심지어 항상 블라썸의 편을 들던 올리버가 보기에도 좀 의아했다. 그들은 롤라를 믿어야 했다! 피터는 이제 롤라 편이다. 블라썸은 올리버와 애비게일마저 롤라를 믿게 내버려 둘 수 없었다. 블라썸은 자신의 유일한 무기를 꺼내 들었다.

"쟤가 했던 말 다 잊어먹었니? 애비게일한테는 바보같이 웃어대는 골 빈 계집애랬고, 올리버는 용감한 척하지만 실은—"

"그래, 기억나."

올리버가 재빨리 가로막았다.

"쟤가 하는 말이라면 아무것도 듣고 싶지 않을 정도로 잘 기억나. 아무튼 넌 도대체 어쩌자는 건데?"

올리버가 시비를 걸듯이 롤라에게 물었다.

"더 이상 춤을 추지 말자는 거야?"

"간단히 이야기하면…… 그런 거지."

롤라가 약간 딱딱하게 대답했다.

올리버가 콧방귀를 뀌었다.

"잘도 그러겠다! 불빛이 들어올 때 네가 춤추지 않으려고 애쓰는 모습 한번 보고 싶다."

그 순간 블라썸의 머리에 롤라가 정말로 하려는 게 뭔지 떠올랐다. 그리고 롤라가 뭘 할 수 있는지도 떠올랐다. 끔찍한 결말과 급박해진 상황 때문에 겁먹은 블라썸은 완전히 정신을 잃을 뻔했다. 롤라는 모두에게 버림받고도 춤을 추지 않고 버틸 수 있었고, 다른 아이들을 먹는 것에서 떼어놓을 힘이 있었다. 블라썸은 일이 터지기 전에 막아내야 했다. 그 순간 그녀는 어떻게 해야 할지 알 수 없었지만, 불안감이 목소리에 드러나지 않도록 안간힘을 썼다.

"피터도 춤추지 않고 버티기는 힘들 거야."

블라썸이 말했다.

"너무 약해빠졌으니까."

"그렇겠지."

올리버는 무표정하게 피터를 응시하며 말했다.

"하지만 올리버!"

피터가 비명을 지르듯이 외쳤다.

그때 롤라가 일어섰다.

"너 그거 알아?"

그녀가 블라썸에게 말했다.

"넌 정말 놀라운 애야. 대단해. 애들이 곧 내 말을 따르리란 걸 눈치챘던 거니? 그래서 망쳐놓은 거지. 넌 우리가 여기서 빠져나 갈 수 있는 기회를 다 망쳐버렸어—"

"뭘 어쨌다고?"

블라썸이 따졌다.

"넌 네가 무슨 얘길 하는지도 몰라. 넌 춤추지 않을 거라고 했지 만, 결국 추게 될 거야."

롤라는 약해져야만 한다. 자신이 아무것도 바꿀 수 없다고 믿어 야 한다. 블라썸이 할 수 있는 생각은 그것뿐이었다.

"지금 당장 포기하는 게 좋을 거야. 네가 설령 춤추는 걸 참을 수 있더라도, 그 하찮은 음모는 절대로 실행될 수 없을 거야. 내가 그렇게 되도록 놔두지 않을 테니까. 알겠어? 네가 뭘 하든 망가뜨릴 거야. 네가 하려는 건 다 망가뜨릴 거라고!"

그 순간 불빛과 목소리가 시작되었다. 그러자 알아차리기도 전에 모두가 춤을 추고 있었다. 롤라와 피터도 마찬가지였다.

블라썸은 음식이 굴러 나오자 행복감과 안도감이 밀려오는 것을 느꼈다. 그렇게 큰소리치던 롤라도 결국은 전혀 방해하지 못했다! 블라썸은 자신을 주체할 수 없었다.

"봤어?"

그녀는 기쁨에 겨워 환성을 질렀다.

"봤냐고? 롤라 저 허풍쟁이도 춤추고 있잖아!"

"그만!"

계단 쪽에서 숨 막히는 비명 소리가 들려왔다.

"롤라, 그만해! 그만하라고! 우린—"

피터가 비틀거리며 롤라에게 다가갔다. 음식이 나오는 게 멈췄다.

피터가 롤라를 붙잡자 그녀는 멍하게 서서 눈을 깜빡일 따름이었다.

"피터! 난—"

롤라가 말했다.

"이러지 마! 이러지 말라고!"

블라썸이 깜짝 놀라 소리 질렀다.

"지금 뭐 하는 거야! 춤춰, 춤추란 말이야! 계속 춤을 춰야—"

롤라가 블라썸을 돌아봤다. 롤라의 얼굴에는 분노와 결의가 살아났다.

"그만! 그만! 그만!"

롤라는 소리치고, 손으로 귀를 막았다.

"피터, 너도 귀를 막아! 불빛 쳐다보지 마! 서둘러. 계단으로 올라가자. 날 따라와!"

"안 돼!"

블라썸이 롤라의 어깨를 붙잡고 다시 춤에 끌어들이려 울부짖었다.

"넌 그럴 수 없어!"

"아니, 할 수 있어!"

롤라가 블라썸을 계단참 반대편으로 밀치며 소리쳤다. 롤라는 한 손으로 피터의 손을 붙잡고 다른 한 손으로는 귀를 막은 채, 휘청이며 피터를 이끌고 불빛에서 멀어져 위쪽으로 올라갔다. 두 사람은 거센 물살을 헤치듯 젖 먹던 힘까지 짜내며 천천히 움직였다. 그러나 높아질수록 올라가는 속도는 더 빨라졌다. 둘의 모습은 마침내 위에 얽혀 있는 계단들 사이로 사라졌다.

"음식이 곧 나온다."

목소리는 희망도 없이 춤을 추고 있는 블라썸에게 무기력하게 속삭이다가 흐느끼기 시작했다.

"음식이 곧 나온다. 음식이 곧 나온다. 음식이……."

17

가장 먼저 찾아온 것은 애비게일이었다.

처음 애비게일의 모습이 저 멀리 아래쪽에서 보였을 때, 둘은 잠시나마 그녀가 함께하러 온 것이기를 바랐다. 하지만 터덜터덜 가까워지는 그녀의 절망적인 걸음걸이를 보면서, 그들은 애비게일이 그들의 편이 아님을 짐작했다. 그 짐작은 옳았다.

"제발 돌아와 줘."

애비게일이 자기 손을 꼭 마주 잡고 말했다. 그녀의 얼굴은 매우 창백했고, 눈 아래도 거뭇거뭇했다.

"제발. 너무 배고파."

"우리도 배고파."

롤라가 말했다.

"저 아래는 정말 끔찍해! 걔네 둘 다…… 걔네들은 배가 고파지면 무슨 짓을 할지……."

"걔들이 너한테 책임을 다 떠넘겼지, 그렇지?"

롤라가 물었다.

"너한테 여기 올라가서 사정해보라고 시킨 거지? 너희 중에 내가 조금이라도 관심을 보일 사람은 너밖에 없을 테니까, 맞지?"

애비게일이 말없이 고개를 끄덕였다.

롤라가 한숨을 쉬었다.

"애비게일, 내 말 들어. 걔들은 잊어버리고 여기서 우리랑 함께 지내자. 여기에 있다고 더 배고픈 것도 아니야. 우리가 잘해줄게."

"하지만 내가 돌아가지 않으면 올리버가 엄청 화낼 거야. 나를 미워할 거라고. 올리버는 날 진짜로 미워하게 될 거야."

"그래서? 그 개자식이 널 미워하든 말든 무슨 상관이야? 그 자식은 신경 쓸 가치도 없다는 거 너도 알잖아."

"그래도…… 어찌됐든 애비게일은 올리버와 함께 있고 싶은 거야."

피터가 눈길을 돌리며 나지막한 목소리로 말했다.

"아, 나도 모르겠어, 모르겠다고."

애비게일이 칭얼거리며 손을 꼬았다.

"어쨌든 이제…… 이제 돌아가 봐야 돼. 정말 나랑 같이 안 갈 거니? 먹고 싶지 않아?"

"기계를 이겨보고 싶지 않니?"

롤라가 말했다.

다음에는 올리버가 왔다. 그의 걸음걸이는 마치 교수대를 향해 으스대며 걸어가는 사람처럼 공격적이면서도 불안해하는 느낌이 났다. 올리버는 피터에게 말을 걸었다. 입을 꼭 다물고 구부정한 자세로 쭈그려 앉아서 조용히 바라보고 있는 롤라에게는 가끔씩 눈을 깜빡일 뿐이었다.

"가자, 피터."

그가 예전에 피터를 공상에서 깨울 때처럼 살살 구슬리는 말투로 이야기를 시작했다.

"난 네가 뭘 하려는지 잘 알아. 이해해. 좋아, 네가 강하다는 건 충분히 증명했어……. 너 혼자 뭔가를 할 수 있다는 것도. 하지만 우리가 함께 있을 때 얼마나 즐거웠는지 기억나지 않니?"

롤라는 올리버의 이야기를 막고 싶은 욕망을 억누르면서 무관심한 척하려 애썼지만, 신경이 곤두선 채 피터를 지켜보고 있었다. 그사이 피터는 다른 세계에서 이 세계로 그를 불러들일 수 있는 유일하게 편안한 목소리, 올리버의 그 따스하고 친근한 목소리를 지나치게 가까이 붙어서 듣고 있었다. 목이 메어오면서 그의 단호함도 누그러지기 시작했다. 피터는 올리버의 눈을 피해 아래를 내려다보며, 무시무시하게 광대한 공간이 짓누르는 느낌과 끊임없이 괴로운 배고픔, 그리고 외로움과 재스퍼 또는 올리버에 대한 생각을 떠올렸다. 모든 게 다시 편안해지는 것은 아주 쉬울지도 모른다. 그가 해야 할 일이라고는 일어서서 올리버를 따라 돌아가는 것뿐이다. 다시 그에게 모든 것을 맡기고 마법의 방으로 돌아가는 것이다. 피터가 내려간다면 롤라도 내려갈 것이다. 그리고 그들은 먹게 될 것이다. 롤라는 이 일에서 그가 가장 중요하다고, 그녀 혼자서는 하지 못할 것이라고 했다.

"이것 봐, 피터. 이 위에서 뭘 할 거야? 스스로 배를 곯아봤자 좋을 게 하나도 없어. 모르겠니?"

하지만 놀랍게도 피터를 버티게 하는 것은 바로 그가 중요하다는 사실이었다. 처음 롤라가 그가 필요하다는 이야기를 했을 때는 두려웠다. 그러나 지금은 롤라를 내버려 두고 혼자 내려가면 무슨 일이 일어날지, 그리고 그녀가 어떻게 느낄지 생각하지 않을 수 없었다. 아직 올리버를 똑바로 바라볼 수는 없었지만, 피터는 속삭이듯이 말했다.

"아냐, 올리버. 나, 난 여기에 있는 게 나을 것 같아."

"그, 그래도 피터."

올리버가 마치 아주 소중한 무언가를 빼앗기기라도 한 것처럼 말을 더듬었다.

"피터, 우린 네가 필요해."

피터는 눈을 꼭 감고 고개를 저었다.

올리버는 롤라에게 고개를 돌렸다.

"도대체 피터에게 무슨 짓을 한 거야?"

올리버는 롤라에게 침을 뱉었다. 성난 그의 목소리가 갑자기 높아졌다.

"넌 우릴 다 죽일 작정이야? 그게 네가 원하는 거야? 네가 증명하려는 게 뭔데? 이 멍청한 계집애야. 뭘 증명하려는 거냐고!"

그는 난데없이 롤라를 거칠게 흔들고 짐승처럼 으르렁거렸다.

피터는 롤라의 그렇게 겁에 질리고 무기력한 표정을 본 적이 없었다. 올리버는 롤라보다 훨씬 힘이 세니 그녀를 계단참 밖으로 쉽게 던져버릴 수도 있었다.

"올리버, 저리 가!"

피터가 소리 질렀다.

"꺼져, 꺼지라고!"

그리고 마침내 블라썸이 왔다. 힘겹게 터덜터덜 올라오는 그녀의 뺨은 축 늘어졌고, 입술은 일그러졌으며, 더러운 치마는 시신에게 입히는 수의 같았다.

"진짜야, 롤라."

블라썸은 이리저리 돌아보며 허리에 손을 올리고 말했다.

"정말이야. 네가 하는 일을 모두 망쳐놓겠다는 말은 진심이 아니었어. 그런 소리를 하면 정말로 기계가 작동하는지 보고 싶었을 뿐이야. 네가 맞는지 보려던 거였어. 그리고 네가 맞았고."

한때 블라썸의 목소리는 이상하리만치 설득력이 있었지만 지금은 그 목소리를 다시 이용해보려 해도 환심을 사려는 나약한 칭얼거림에 묻혀버렸다.

"그리고 다른 애들한테도 사실대로 얘기했어. 네가 한 말을 내가 바꿨다고. 다시는 그런 짓을 하지 않겠다고 약속했어. 롤라, 이제 마음 풀렸으면 돌아가자. 제발, 응?"

"다시는 그런 짓을 안 하겠다면, 도대체 무슨 수로 그 빌어먹을 기계를 작동시킬 건데? 그게 기계가 원하는 거라는 걸 너도 알잖아. 너도 방금 내가 맞다고 인정했잖아."

롤라가 물었다.

"어, 그게……. 어, 그래, 맞아."

블라썸은 신경을 곤두세우고 입술을 깨물었다.

"하지만 롤라."

블라썸은 잠깐 말을 멈추었다가 재빨리 다시 입을 열었다.

"그렇다고 해서 내가 반드시 널 괴롭혀야 하는 건 아냐. 다른 애들을 괴롭히면 돼. 물론 피터 널 말하는 것도 아냐."

블라썸은 피터를 슬쩍 보며 잠깐 겁먹은 미소를 지었다.

"다른 애들 있잖아. 애비게일이나 올리버. 특히 올리버. 롤라, 걔는 좀 당해도 싸. 기계가 우리를 서로 못되게 굴도록 만드는 걸 네가 좋아하지 않는다는 사실은 나도 알아. 하지만 올리버 같은 애는……. 걔가 너희 만나고 돌아와서 뭐라고 했는지 알아? 너보고—"

"야!"

롤라가 블라썸의 말을 가로막았다.

"계속 떠들어봤자 소용없어. 네 허튼소리에 안 넘어가. 우린 안 내려갈 거야. 아까운 힘 그만 축내."

"그래도."

블라썸이 말했다. 주먹을 꼭 쥔 그녀의 얼굴은 점차 붉어졌으며 숨을 헐떡이고 있었다.

"그래도 너희는 돌아가야 돼. 제발, 제발. 이렇게 돌아가자고 빌잖아. 어떻게 이렇게 잔인할 수 있니? 우린 먹어야 돼, 롤라. 제발, 우린 먹어야 된다고. 우린—"

"그만해!"

롤라가 부들부들 떨면서 말했다.

"그만하고 꺼져버려. 여기서 꺼지라고! 내 말 못 들었니? 우린 안 돌아가. 그래봐야 소용없어. 우린 안 가!"

블라썸은 헐떡거리다 흐느끼며 잠시 멍한 눈으로 바라봤다. 눈물이 그녀의 뺨 위로 흘러내렸다. 그러고는 기운을 되찾은 듯 재빨리 눈물을 닦더니 날카로운 눈초리로 롤라를 노려봤다.

"좋아."

블라썸이 쉰 소리로 말했다.

"난 너한테 돌아올 기회를 줬어. 이제 넌 그 기회를 잃어버린 거야. 너희 둘 다! 너희 없이도 우린 기계를 작동시킬 거야. 기계가 작동해도, 너희한테는 한 조각도 안 돌아갈 거야. 어디 한번 굶어 봐."

그녀가 위협하듯이 목소리를 낮췄다.

"그뿐만이 아냐. 그게 끝이 아니라고. 너희도 기계가 뭘 원하는지 알 거야, 그렇지?"

블라썸은 이야기를 멈추고 숨을 깊이 들이쉬었다. 그리고 아주 천천히 말을 이었다.

"그래, 바로 너희가 당하게 될 거야."

그녀는 몸을 돌려 뒤돌아보지도 않고 서둘러 내려갔다.

가장 힘든 순간은 속삼임이 들려오고 색색의 불빛이 깜빡일 때였다. 이렇게 높은 곳까지도 불빛은 아주 밝게 빛나며 온 사방에서 번쩍였다. 둘은 그 지독한 신호를 머릿속에서 지워버리려고 눈을 감고 귀를 막은 채 콧노래를 불렀다. 지독히도 저항하기 힘든 그 신호는 그들에게 춤출 것을 명령했고, 그들의 근육을 꿈틀거리게 만들었다. 그리고 그들에게 말했다. 음식, 음식, 음식 냄새, 음식의 맛, 음식이 입을 지나 위로 내려가는 느낌, 허기, 위장의 고통, 참을 수 없는 고통.

신호를 피해 숨는 게 조금 도움이 되긴 했지만, 신호가 사방에서 끊임없이 계속되리라는 사실은 둘 모두에게 극심한 고통을 주었다. 말 그대로 온몸이 갈기갈기 찢어질 것 같은 고통이었다. 몸을 움직이지 않는다는 건 거의 불가능했다. 두 사람은 벌떡 일어나 불빛을 향해 나아가고, 무기력한 팔다리가 익숙한 동작의 춤을 시작하는 자신들의 모습을 자주 발견했다. 하지만 그들은 서로 멈추라고 소리치고 서로를 잡아당겼다. 그리고 숨을 몰아쉬며 흐느끼다가 자신들이 머무는 높은 계단참으로 돌아갔다. 계단참으로 올라가 눈과 귀를 가리고 웅크린 채, 땀을 흘리고 떨면서 불빛과 목소리를 멈춰달라고 빌었다. 과연 다음에도 그들에게 신호에 저항할 힘이 남아 있을지 의문스러웠다.

그들은 점점 약해졌다. 롤라는 더 이상 뛰지 않았다. 단지 지치고 힘들어서만이 아니라, 혼자 기계와 가까운 어딘가에 있을 때 불빛과 목소리가 시작되면 무슨 일이 일어날지 두려워서였다. 그녀는 피터가 혼자 다니는 것도 싫어했다. 다른 사람이 붙잡아 주지 않으면 무너지기가 너무 쉬웠기 때문이다.

처음에 롤라는 피터를 걱정했었다. 사실이다. 피터는 올리버에게 등을 돌리고 기계로부터 도망쳐 나와, 그녀와 함께 이제껏 기계의 명령에 저항하면서 대단한 결단력과 힘을 보여주었다. 하지만 그는 롤라보다 이런 부담을 견디는 데 익숙지 않아 보였고, 무엇보다도 공상이 그를 유혹하며 끌어당기고 있었다. 기계로 돌아간다는 것은 곧 마법의 방으로 돌아간다는 의미였고, 상황이 더 안 좋아지면 그 방의 위력이 더 커질까 봐 걱정되었다.

롤라는 피터가 언제 공상에 빠져드는지 쉽게 알 수 있었다. 그의 표정이 풀리기 때문이다. 처음에는 피터를 깨울지 말지 갈등했다. 그 끔찍하고 끈질긴 신호가 다가올 때 무의식 상태로 있는 게 더 낫지 않을까? 하지만 그녀는 아무런 차이가 없다는 사실을 곧 알게 되었다. 피터가 공상에 빠져 있는 동안 신호가 시작되자, 몇 초 지나지 않아 그도 그녀와 마찬가지로 힘겹게 맞서 싸워야 했던 것이다.

"예전엔 왜 신호가 오는 걸 몰랐던 거야?"

롤라는 목소리와 불빛이 멈추고 나서 물었다.

"올리버가 널 깨우려면 항상 오래 걸렸잖아."

"그, 그건 설명하기 힘들어. 사실 지금까지 한 번도 생각해본 적이 없거든. 하지만 난 마법의 방에서 있을 때라도 무슨 일이 일어나고 있는지는 알 수 있어. 지금은 그냥 깬 거야. 그런데……."

피터는 롤라에게서 고개를 돌렸다.

"그런데 올리버가 있었을 때는 그 애가 말해주기 전엔…… 일어날 수 없었어."

롤라는 피터가 혼자 힘으로도 충분히 깨어날 수 있는데도 올리버가 그를 깨우느라 허비했던 많은 시간이 떠올라서 화가 났다. 하지만 피터는 그게 그렇게 간단하고 쉬운 문제가 아니라는 걸 설명하려 했고, 결국 롤라도 피터를 용서할 수밖에 없었다. 계속 화를 내기에는 너무 지쳐 있었다.

그럼에도 불구하고 그녀는 이제 전보다 더욱 단호하게 피터가 공상에 빠지지 못하도록 했다. 그녀는 피터가 정신을 놓기 시작하면 항상 그를 흔들었고, 필요하면 때리기도 했다. 그녀는 매번 그를 깨우는 데 성공하긴 했지만, 부분적인 성공일 따름이었다.

피터는 곧 그 상태로 돌아가기를 반복했다. 확실히 그 방은 피터에게 거부할 수 없는 행복감과 위안을 주었다. 롤라는 이보다 훨씬 더 행복한 것을 찾아내야만 그가 정신을 놓지 않게 할 수 있을 것이다. 벌보다는 보상이 훨씬 효과적일 터였다. 하지만 피터에게 보상으로 줄 만한 게 아무것도 없었다. 그녀가 생각해낸 것이라고는 머릿속에 끊임없이 떠오르는, 기계에서 나오는 음식뿐이었다. 하지만 당연하게도 그건 가능한 일이 아니었다.

그래도 그녀는 포기하지 않았다. 스스로 놀라울 정도로, 기계에 대한 증오만큼 피터에 대한 염려가 컸다. 롤라는 피터가 했던 말과 행동을 쭉 되짚어봤다. 그러자 막연하게나마 그녀가 찾아내기만 한다면 피터에게 보상으로 줄 수 있는 게 존재한다는 사실을 알게 되었다. 그게 무엇인지는 아직 불확실하지만, 벌써 몇 차례나 그가 대단한 일을 해내도록 도와주었다. 롤라를 찾아 혼자 계단을 올라왔고, 자기 힘으로 춤에서 벗어나 그녀를 끌어냈으며 올리버와도 맞서 싸웠다. 과연 그게 무엇이었을까?

마침내 그게 무엇인지 깨달은 롤라는, 지금까지 몰랐던 자신이 바보처럼 느껴졌다. 보상은 여러 가지였지만, 모두 연관이 있었다. 그가 증오하고 두려워하는 기계를 이겼다는 사실도 보상일 수 있었고, 그전에는 한 번도 느껴보지 못했던 강해졌다는 느낌과 주체성, 독립성도 보상이었다. 그녀를 보살핀 것도, 그녀의 계획에 꼭 필요한 사람이 된 것도, 그녀를 내려가지 못하도록 막은 것도 보상이었다. 그녀가 그에게 관심을 기울인 것 역시 보상이었다. 그것들은 어떤 면에서 그녀 자신을 움직이게 했던 것과 똑같은 보상이었다. 하지만 나약한 피터에게는 더 자주 환기시킬 필요가 있었다. 롤라는 그에게 자주 기억을 일깨웠다. 그렇다고 끊임없이 같은 소리를 해댄 것은 아니었다. 롤라는—어떻게 알게 됐고, 어디서 배웠는지는 전혀 기억나지 않았지만—보상이란 적절한 때 주어져야만 제 몫을 한다는 사실을 알고 있었다.

"피터, 잊지 마."

일정한 시간 동안 피터가 공상에 빠지지 않도록 해야 할 때에는 항상 이런 말을 해주었다.

"피터, 기계랑 싸우고 있다는 사실을 잊지 마. 우린 네 덕분에 이기고 있어. 이 계단을 올라왔을 때의 느낌을 잊지 마. 그때 스스로 얼마나 강하게 느껴졌는지 말이야. 넌 강해. 내가 춤추던 걸 멈추게 한 사람이 너였다는 사실을 잊지 마. 너 없이는 싸우지 못할 거야. 네가 필요해. 네 힘이 필요해. 그리고 우리는 이기고 있어, 피터. 우린 이길 거야. 그러려면 네가 그 방에서 나와야만 해."

롤라는 그가 공상에서 막 깨어났을 때는 차갑게 돌아서서 결코 말을 하지 않았다. 심지어 그가 그 말들을 해달라고 애원해도 해주지 않았다. 그녀의 보상은 피터를 깨우기 위한 것이 아니라 잠들지 않게 하기 위한 것이었기 때문이다. 그렇게 롤라는 자기도 모르는 사이에 그녀가 말하기 전까지 피터가 깨어 있어야 하는 시간을 늘려갔다.

그러한 보상이 효과를 내기 시작하면서, 피터가 정신을 잃는 일이 줄어들고, 간격도 점점 벌어졌다. 롤라는 자신이 갖게 된 이 조그마한 능력에 기뻐했다. 그리고 공상에 빠지는 일이 차차 줄어들자, 피터의 눈에도 마치 처음 눈뜬 것처럼 새로운 표정이 생겨났다. 마침내 피터는 스스로 공상에서 깨어났다. 너무 금방 깨어나 그를 흔들어 깨울 시간이 없을 정도였다. 롤라는 자기도 모르게 피터를 끌어안았다. 그녀는 이제까지 한 번도 다른 사람을 껴안아 본 적이 없었다.

롤라는 필요할 때마다 피터를 안심시켜주었다. 그리고 그의 변화를 기뻐했다. 그의 몸이 약해지는 만큼, 정신은 점점 강해졌다.

시간이 조금씩 흐를수록 배고픔은 더 끔찍해져갔다.

블라썸이 그들을 떠난 지 얼마나 지났는지는 정확히 알 수 없었지만, 최악의 순간이 다가왔다.

두 사람은 다른 아이들이 계속 올라올 거라 예상했다. 두려웠지만 애비게일이 더 매달리고, 올리버가 더 폭력적으로 굴며, 블라썸이 더 위협적으로 나올 것에 대비하려 했다. 아이들이 한꺼번에 올라와 한바탕 싸우고 아래로 질질 끌려가리라 짐작했다.

"축 늘어져버려."

롤라가 말했다.

"개들이 와서 널 붙잡으면 그냥 축 늘어져버려. 그럼 저 아래로 끌고 가지 못할 거야. 개들도 우리만큼이나 힘이 빠졌거든."

그러나 정말 이상하게도 아무도 오지 않았다. 끝도 없는 시간이 여러 날쯤 느릿느릿 지나가면서, 그들은 저 계단 아래에 누구의 모습이라도 보이길 애타게 바랐다. 처음에 그들이 바란 것은 그저 사람을 무기력하게 만드는 지겨움을 떨칠 만한 기분 전환이었다. 하지만 시간이 더 흐르고 아무도 나타나지 않자 마음에 불안한 의문이 솟아났고, 의문은 곧 그들을 괴롭히기 시작했다.

아이들이 왜 올라오지 않는 걸까? 이렇게 빨리 굶어 죽는다는 건 불가능했다. 하지만 아직도 배고픈 상태라면 틀림없이 올라와서 그들을 데려가려 했을 것이다. 음식을 구할 다른 방법을 알게 된 걸까? 기계가 롤라와 피터 없이도 작동하게 된 걸까? 아니면 기계 말고 다른 음식 공급처를 찾은 걸까? 혹시 블라썸과 올리버가 애비게일을 잡아먹으려고 죽여버린 건 아닐까? 롤라는 그럴 수도 있을 거라 생각했다. 극도로 배가 고파지면 무슨 짓이라도 할 수 있는 아이들이었다. 애비게일을 계단참에서 밀어 떨어뜨리기만

하면…….

곧 다른 생각이 떠올랐다. 가장 그럴듯하지만, 최악인 생각이었다. 어쩌면 아이들이 더 이상 여기 없는 게 아닐까. 그들을 이곳에 집어넣었던 누군가가 그 셋을 데려가고, 롤라와 피터만 계단 사이에 남아 쓸데없이 굶고 있는 건 아닐까.

두 사람은 이 생각을 확인하기 위해 결국 아래로 내려가기로 했다.

"잠깐 보는 것뿐이야."

롤라가 주장했다.

"거기 머물거나 항복하지는 않을 거야. 그냥 녀석들이 무슨 짓을 벌이는지 보려는 것뿐이야."

피터는 혹시 이것으로 자신들의 투쟁이 끝나는 건 아닐지, 그래서 실패하는 건 아닐지 걱정하며 비참한 표정으로 고개를 끄덕였다.

내려가는 길은 기억보다 훨씬 오래 걸렸다. 몸이 약해졌고, 불안정한 다리가 계단을 밟는 감각을 잃어버렸기 때문이다. 한동안 쓸일이 없었던 롤라의 방향감각도 마찬가지였다. 두 사람은 몇 번이나 잘못된 계단으로 내려갔다. 그렇지만 목표에 가까워질수록 점점 똑바로 나아갔다. 뭔가가 그들을 이끌기 시작했던 것이다. 처음에는 희미했기 때문에 무의식중에 알아차릴 뿐이었다. 하지만 그느낌은 점점 강해져서 그들을 더욱 애타게 했다. 그들은 결국 다른 것은 아무것도 의식하지 못한 채 발이 저절로 움직여 따라가는 지경이 되었다.

"자…… 잠시만!"

거의 다다랐을 때, 피터가 롤라의 어깨를 잡으며 말했다.

"이…… 이건 음식이야. 음식 냄새야. 더 가까이 가면 안, 안 될 것 같아."

"우린 가야 돼."

롤라가 말했다.

"더 가까이 가야 해. 그리고 저 추악한 짓에 손대지 않고도 도대체 무슨 일이 벌어지고 있는 건지 알아내야 해."

마침내 두 사람은 계단참을 훤히 내려다볼 수 있는 위치의 계단에 다다랐다. 색색의 반구는 반짝이지 않고도 두 사람을 유혹했다. 낯익은 세 아이가 각각 다른 계단에 앉아 있었다.

아이들은 먹고 있었다. 하지만 뭔가가 달랐다. 그들은 예전의 블라썸보다도 심하게, 미친 듯이 입안에 음식을 쑤셔 넣고 있었다. 그들은 먹으면서 끊임없이 긴장한 눈으로 다른 두 명을 부지런히 경계하느라 아무도 피터와 롤라가 온 것을 눈치채지 못했다.

롤라는 무릎이 무너지듯 주저앉았다. 그리고 음식의 생김새와 풍부한 향내에 마른침을 삼켰다. 롤라는 아무 말도 하지 않았고 피터도 곁에 조용히 있었지만, 아이들은 다 먹어치우자마자 둘을 발견했다.

"저기 봐!"

블라썸이 음식을 삼키면서 롤라와 피터를 가리키고 소리쳤다. 그녀의 얼굴은 다시 살이 오르고 혈색이 좋아졌으며, 번들거리는 입술 사이로 침이 떨어지고 있었다.

"누가 왔는지 좀 보라고!"

당황하고 울음을 터뜨릴 듯한 표정을 짓는 애비게일의 얼굴에 별안간 그림자가 스쳤다. 그 순간 롤라는 애비게일의 이마에 있는 흉측한 멍을 보았다. 올리버가 씩 웃었다.

"포기한 모양이네?"

올리버가 말했다.

"이럴 줄 알았어."

피터는 묻지 않을 수 없었다.

"어…… 어떻게 음식을 구한 거야?"

피터가 말을 더듬었다.

"음식이 어디서 났어?"

"기계에서!"

블라썸이 의기양양하게 소리쳤다.

"기계에서 나왔다고. 이젠 너희 없이도 작동해. 내가 지난번에 말했던 딱 그대로야. 우린 더 이상 너희가 필요 없어. 너흰 가서 굶기나 해!"

롤라는 마음을 다잡고 입도 꼭 다물었다.

"하지만……."

피터가 말했다.

"하지만…… 어떻게?"

"피터, 우리도 어떻게 된 건지는 몰라."

올리버가 킥킥거리며 큰 소리로 말했다. 그의 목소리는 어색하고 너무 컸으며, 킥킥대는 소리는 마치 기침 소리 같았다.

"어떻게, 왜 이런 건지는 몰라. 그래도 기계는 작동해. 돌아올래? 너희가 원하기만 한다면 와도 좋아."

올리버는 진지한 척하면서 고개를 젓고 혀를 쯧쯧 찼다. 이 빠진 자리가 군데군데 검게 보였다.

"너희 둘 다 야위고 창백해 보여. 몸 생각은 안 했나 봐. 살 좀 쪄야겠다. 우리, 쟤네들 돌아올 수 있게 해줄까?"

"글쎄, 롤라는 별로인데……."

블라썸이 말했다.

"아, 물론 그렇긴 하지."

올리버가 상냥하게 말했다.

"우리한테는 아무 쓸모도 없긴 하지만 돌아오게 해주자, 뭐. 우린 너그럽잖아. 조건 하나만 맞으면 말이지."

올리버는 잠시 말을 멈추더니 의심 많고 사나운 눈빛으로 둘러보았다.

"조건은 딱 하나야. 우리는 기계를 방해하는 사람은 누구든 필요 없어. 돌아오고 싶으면 우리처럼 규칙을 따라야 해."

"아, 때려치……."

입을 열던 롤라의 목소리가 점점 작아지더니 들리지 않았다. 그녀는 계단참에 있는 반구의 틈을 내려다보고 있었다. 피터는 이 사실이 도저히 믿기지 않았다. 롤라가 항복하려는 걸까?

블라썸의 입꼬리가 씩 올라갔다. 올리버도 이를 드러내며 웃었다. 피터는 아이들 앞에서 롤라가 모욕당하는 걸 지켜보기가 힘들었다. 불빛과 목소리가 시작되면 그들은 언제라도 스스로를 주체하지 못할 것이다. 해야 할 일은 오직 하나뿐이었다. 피터는 롤라를 붙잡아 몸을 돌렸다.

비틀거리며 계단을 오르는데, 귀에 거슬리는 블라썸의 목소리가 들려왔다.

"롤라, 네 말이 맞았어. 기계가 우리한테 원하는 건 네가 말한 대로야. 네가 다 맞았어. 그치만 기계는 우리가 누굴 괴롭히는지는 따지지 않아. 우린 이제 서로를 괴롭히는 데 지쳤어. 굶는 건 너한테 아무 도움이 안 돼. 그 방법으로는 아무것도 바꿀 수 없다고."

블라썸의 목소리가 두 사람 뒤쪽에서 점점 희미해졌다.

"이 얘긴, 우리가 올라갈 때쯤이면 너흰 더 허기지고 약해졌을 거라는 뜻이야. 우린 곧 올라갈 거야. 아주 금방……."

18

블라썸과 애비게일, 올리버는 그리 오랜 시간 굶지 않았다. 사실은 블라썸이 피터와 롤라를 만나고 돌아오자마자 곧 새로운 방식의 춤이 성공하기 시작했다.

올리버와 애비게일은 서로 다른 계단에 앉아서 별다른 희망 없이 블라썸을 기다리고 있었다. 그들도 실패했으니, 블라썸도 분명 별 뾰족한 수가 없을 것이다. 올리버는 다음번에는 모두 함께 올라가서 그냥 둘을 끌고 내려오리라 마음먹었다. 3대 2의 싸움이고, 둘 중에 올리버보다 힘센 사람은 없다. 두 사람을 묶을 밧줄이라도 있으면 훨씬 쉬울 것이다. 깔고 앉든, 바지 같은 걸로 발을 묶어버리든 간에 다음 불빛과 목소리가 시작되기 전까지는 계단참

바닥에 끌어다 놔야 했다.

그렇게만 한다면 롤라와 피터도 춤을 추지 않을 수 없을 것이라고 올리버는 확신했다. 계단참에 있는 세 아이도 아무리 춤을 추어봐야 나오는 게 없다는 사실을 알면서도 신호가 오기만 하면 미친 듯이 춤을 추어댔다. 실 끝에 매달린 꼭두각시처럼 어쩔 수 없었다. 신호 앞에서는 완전히 속수무책이었다. 피터와 롤라를 여기로 데려와서 도망가지 못하게 한다면 그들도 어쩔 수 없이 춤을 추게 될 것이고, 음식이 나올 것이다.

불빛과 목소리가 시작되었을 때, 블라썸은 그곳에서 약 10미터 정도 떨어져 있었다. 그 광경은 정말 굉장했다. 막 춤을 추려던 올리버는 블라썸처럼 뚱뚱한 인간이 얼마나 빨리 움직일 수 있는지 목격했다. 그녀는 말 그대로 계단을 물 흐르듯 내려와서 처음 반복했던 순서대로 계단참의 구멍 옆에 있는 좁은 통로로 들어갔다. 춤을 두 번째로 마쳤을 때 음식이 굴러 나왔다. 이제 그들은 훈련이 대단히 잘되어 있어서 춤을 멈추고 음식을 집지 않았다. 집고 싶은 생각은 너무도 간절했지만, 안도감과 더불어 이번 요행수가 끝날지도 모른다는 걱정이 들었기 때문이다. 그러나 걱정할 필요는 없었다. 음식은 오랫동안 나왔다. 그래도 여전히 배가 부를 정도는 아니었다. 당연한 이야기지만, 언제나 그랬다. 그렇다 하더라도 최소한 그들 셋이 육체적인 고통을 덜고 배 속을 다시 데울 만큼은 되었다.

"그런데 어째서지?"

올리버가 마지막 한 입을 삼키며 물었다.

"어째서 성공했는지 알아내야 해. 그래야 기계를 다시 작동시키지."

"나도 모르겠어."

블라썸이 애비게일의 무릎에 놓인 음식 다섯 덩이를 굶주린 눈으로 훔쳐보며 말했다. 블라썸은 항상 제일 먼저 먹어치웠고, 애비게일은 아주 천천히 먹는 성가신 버릇이 있었다. 애비게일은 늘 다른 아이들이 다 먹어버린 후에도 음식이 남아 있곤 했다.

"아마 네가 뭔가를 했기 때문일 거야."

올리버가 물었다.

"저 위에서 뭘 한 거야? 걔들한테 뭐라고 했어?"

블라썸은 입술을 만지작거리며 생각에 잠겨 위를 노려보았다.

"글쎄…… 처음엔 그냥 내려가자고 사정했어. 거의 빌다시피."

그녀는 올리버를 잠깐 슬그머니 보고는 눈을 돌렸다.

"그래도 걔네들은 너무 멍청하고 고집이 세서 내 말을 들은 척도 안 했어. 난 화가 나서 우리가 기계를 작동시킬 거랬어. ……아, 끝내준다. 먹으니까 진짜 좋다! 넌 기계가 앞으로도 작동할 것 같니?"

"그게 바로 내가 밝혀내려는 거야. 계속 말해봐, 그거 말고 또 뭐라 그랬어?"

"그러고는 걔네 없이도 우리끼리 기계를 작동시킬 거랬어. 굶든지 말든지 상관 안 한다고. 그런데 드디어 우리가 해낸 거야!"

블라썸은 마음에서 우러나는 흥분과 기대감으로 박수를 치며 말했다.

"너도 알다시피 롤라는 기계가 우리끼리 서로 괴롭히길 원한다고 생각해. 그래서 내가 말했지. 기계에서 음식을 얻기 위해 우리는 걔네들을 괴롭힐 거라고 말이야."

"블라썸, 잘했어!"

희색이 만면한 올리버가 계단을 올라가서 애정을 담아 블라썸의 어깨를 꽉 끌어안았다.

"잘했어!"

"그게 무슨 말이야?"

애비게일이 약간 겁먹은 표정으로 물었다.

"난 무슨 말인지 모르겠어."

"이건 아주 간단한 얘기야."

올리버가 애비게일 곁에 있는 자기 자리로 돌아와 선심 쓰듯 말했다.

"아주 간단해."

영리한 사람, 생각할 줄 아는 사람, 지휘하는 사람이 되는 이 멋진 기분이라니! 롤라라는 존재와 그녀가 항상 느끼게 했던 끔찍한 열등감이 사라져버리니 얼마나 좋은지! 올리버는 심지어 이런 말을 할 수 있을 정도로 스스로가 강하게 느껴졌다.

"롤라의 그 바보 같고 말도 안 되는 생각이 맞았던 거야. 기계는 우리가 서로 해코지하길 원해. 마지막 네 번은 누군가 다른 사람의 기분을 더럽게 만들었을 때만 작동했거든. 기계는 우리가 그렇게 하길 너무 간절히 바라기 때문에 걔네들 없이 우리끼리만 춤을 춰도 대충 봐주는 거야. 결국 우리가 제대로 이해한 거야. 이제 어떻게 해야 할지 알아. 그러니 다시는 굶을까 봐 걱정할 필요가 없어."

애비게일이 올리버의 팔을 꽉 잡았다.

"하지만…… 하지만 어떻게 넌 그런 얘길 하면서 그렇게 차분하고 또, 또 그렇게 신나할 수가 있어? 넌 이게 무섭지 않니? 무슨 일이 일어나고 있는 거야? 도대체 우리는 무슨 짓을 해야 하는 거냐고?"

"너도 곧 아주 잘 알게 될 거야."

올리버가 블라썸에게 눈짓을 하며 말했다.

"블라썸은 이미 아주 잘해. 나도 빠르게 배울 수 있을 거고."

갑자기 그의 목소리가 아주 진지해졌다.

"애비게일 너도 마찬가지야. 곧 배우게 될 거야."

그게 시작이었다. 셋이서만도 할 수 있는 게 너무 많아서 피터와 롤라의 존재는 잊어버린 거나 다름없었다. 기계를 만족시킬 수 있는 자신의 능력을 시험하고 싶어서 안달이 난 올리버는, 애비게일을 위쪽 계단으로 데리고 가서 입 맞추는 것으로 순조롭게 시작했다. 애비게일이 정말로 입맞춤에 빠져드는 것처럼 보이자, 그는 갑자기 뒤로 물러나서 자신이 어떻게 느끼는지 솔직히 이야기했다.

"난 너랑 입 맞추고 나면 항상 네가 싫어져. 역겨워서 도망가고 싶은 생각뿐이야. 널 견딜 수 있는 때라곤 다시 이 짓을 하고 싶을 때뿐이라고. 만일 조금이라도 봐줄 만한 다른 여자애가 있었다면, 너 대신 그 애와 놀았을 거야."

지난 네 번과 달리 불빛과 목소리가 시작되지 않았다. 하지만 올리버는 걱정하지 않았다. 기계는 본래 제멋대로 작동하므로 그 시기를 결코 예측할 수 없다는 것을 알고 있었기 때문이다. 그것은 최근에 알게 된 사실이었다. 기계가 원하는 바를 최대한 반복해야 하지만 기계는 언제나 임의대로 작동한다는 것을 그들은 그제야 깨달았고, 그는 완벽하게 이해했다. 애비게일과의 일이 있고 나서 몇 시간이 지난 후에 불빛과 목소리가 시작되었다. 셋이서만 춤을 추었을 뿐인데도 음식은 어느 때보다 많이 나왔다.

다음으로 블라썸이 시도했다. 다시 애비게일이 희생자였다. 음식을 먹고 난 직후였다. 평소처럼 블라썸은 다 먹어치웠고 애비게일에게는 아직 많이 남아 있었다. 그때 블라썸은 불현듯 기계가 원하는 것이 바로 자신이 간절히 바라는 그 일이라는 걸 깨달았다. 블라썸은 일어나 잠시 주변을 돌아다니는 척하다가 갑자기 애비게일을 덮쳤다. 그리고 남은 음식을 모조리 그러모아 자기 입으로 쑤셔 넣었다.

"안 돼, 이러지 마!"

애비게일이 벌떡 일어나며 소리쳤다.

"돌려줘! 이러면 안 돼!"

블라썸은 뒤로 물러나며 뺨이 잔뜩 부푼 채로 뭐라고 알아들을 수 없는 소리를 중얼거렸다. 올리버가 애비게일의 손목을 재빨리 낚아채 다시 계단으로 밀어붙였다.

"자, 자."

올리버는 그녀의 손목을 꽉 붙잡고 웃으며 말했다.

"애비게일, 참아, 참아. 너무 늦게 먹은 네 잘못이야."

그리고 어쩔 수 없이, 얼마 지나지 않아 애비게일도 자기 몫을 하기 시작했다. 애비게일은 너무 배가 고팠고 블라썸한테 음식을 빼앗겼을 때 충격받았던 사실이 끔찍했다. 그녀는 태어나서 처음으로 악의를 품었다. 하루 종일 원한과 분노가 마음속에서 치밀어 올랐다. 온통 블라썸에게 복수할 생각밖에 들지 않았다. 마침내 좋은 생각이 떠올랐다. 아이들이 모두 잠들었을 때, 애비게일은 일어나서 블라썸이 누워 있는 계단으로 아주 조용히 움직였다. 블라썸은 입을 벌린 채 살짝 코를 골고 있었다. 애비게일은 몸을 숙이고 되도록 조용히 블라썸의 치맛단에 있는 주름 장식을 떼어냈다.

애비게일이 장식을 세 개째 떼어냈을 때, 블라썸이 움직였다. 그녀는 코를 슥슥 문지르고 툴툴대더니 일어나 앉았다. 그러고는 꽥

소리를 질렀다.

"야! 뭐 하는 거야?"

블라썸이 울음을 터뜨렸다.

"내 치마! 내 치마에 도대체 무슨 짓을 한 거야……?"

블라썸은 곧장 벌떡 일어나 애비게일의 목을 팔로 감고 그녀를 흔들었다.

애비게일은 그녀를 밀쳐내려 했지만, 블라썸은 놀라울 정도로 힘이 셌다.

"올리버!"

애비게일이 헐떡였다.

"올리버, 도와줘!"

하지만 올리버는 자기 계단에서 앞뒤로 몸을 흔들며 웃기만 했다. 사실 블라썸의 꼴이 너무 우스꽝스러웠다. 벌겋게 통통 부어오른 얼굴에, 이는 악다물고, 주름 장식을 따라 둥그렇게 찢겨나간 치마가 엉덩이에 걸려 있어 거대한 젤리 같은 허벅지가 그대로 드러났다.

당연한 이야기지만 블라썸은 애비게일이 한 짓을 쉽게 잊어버리지 않았다. 그리고 애비게일은 음식을 먹을 때 특별히 더 주의해야 한다는 걸 곧 알게 되었다. 더 이상은 차례로 음식을 나누지 않았다. 각자 춤이 끝나자마자 자기 몫을 움켜쥐었고, 음식을 먹는 동안에도 단단히 간수하며 다른 아이들에게서 눈을 떼지 않았다.

그들은 둘이서 한 명을 공격하는 짜릿한 가능성도 맛보았다. 한 명이 다른 한 명의 음식을 가로채는 것은 이제 만만한 일이 아니었다. 다들 너무 조심스럽게 음식을 지키는 탓이었다. 하지만 예를 들어 올리버와 블라썸이 함께 애비게일을 공격한다면, 대체로 혼자 시도했을 때보다는 많은 양을 각자 차지할 수 있었다. 그러자마자 다시 올리버와 애비게일이 블라썸을 공격할 수도 있을 터이다. 그러면 올리버는 더 많이 갖고, 애비게일은 자기 몫을 되찾을 수 있게 된다.

시간이 흐르면서 그들은 점점 더 복잡한 음모에도 관심을 갖게 되었다. 시작은 올리버였다. 그는 블라썸에게, 애비게일한테는 화장실에 가는 척하면서 얼마 동안 어느 계단참 위에 숨어 있도록 시켰다. 그러고는 아주 상냥하게 애비게일을 그 계단참으로 데려가 예전에 했던 말을 취소하고, 뭐니 뭐니 해도 자기가 진짜 소중하게 생각하는 건 애비게일이라고 말했다.

애비게일은 그를 믿을 정도로 멍청하지는 않았지만, 고통으로 끝나리라는 것을 알면서도 그런 사소한 애정조차 쉽게 거부할 수 없었다. 그 일은 실제로 그렇게 끝났다. 올리버는 처음에는 부드럽다가 이내 예전처럼 심술궂게 굴었다. 그리고 올리버가 애비게일을 나무라는 동안, 쭉 지켜보고 있던 블라썸이 나타나서 애비게일이 창피해하는 모습을 보며 낄낄대고 웃었다.

"얘는 내 말이라면 뭐든지 믿을 거야."

애비게일이 부끄러워 얼굴을 가리자, 올리버는 블라썸과 함께 웃기 시작했다.

"얘는 아무거나 다 믿어. 데리고 놀고 싶을 때는 낭만적인 허튼소리 몇 마디만 하면 푹 빠져버린다니까."

블라썸은 포복절도했고 눈물이 뺨으로 흘러내렸다.

하지만 애비게일도 점차 강인해지고 있었다. 그것 말고 다른 대안이 없었다. 애비게일은 부끄러움을 극복하자마자 블라썸과 함께 작전을 짜기 시작했다. 애비게일은 그들이 각자 떨어져 있을 때까지 기다리지 않고, 올리버의 정면에서 블라썸과 속삭이다가 키득대기 시작했다. 하지만 올리버가 무슨 이야기를 하고 있는지 따지면, 애비게일은 얼굴을 붉히고 아래를 내려다보기만 했다. 그녀는 꽤 오랫동안 이 행동을 계속했다. 올리버는 자제할 수 있을 때는 무뚝뚝하게 그들을 무시하는 척했고, 자제할 수 없을 때는 쓸데없이 폭력을 휘둘렀다.

블라썸은 기꺼이 애비게일에게 동참했다. 둘은 함께 깔깔대고 웃으면서 올리버를 곁눈질했다. 마침내 화가 치밀어 오른 올리버가 화장실로 뛰어 올라갔다. 그가 돌아왔을 때 블라썸과 애비게일은 계단참 위쪽의 한 계단에 웅크리고 있었다. 그들이 있는 곳에서는 올리버를 잘 볼 수 있지만, 아래쪽에서는 그들이 보이지 않았다. 올리버는 잠시 둘러보더니 어리둥절해하며 그들의 이름을 불렀다. 그들은 최대한 웃음을 참고 몇 분간 버텼고 올리버가 등을 돌린 순간, 애비게일이 자기 신발을 계단참으로 툭 떨어뜨렸다.

올리버의 반응은 예상보다 훨씬 재밌었다. 그는 겁에 질려 비명을 빽 지르더니 펄쩍 뛰어올랐다. 올리버는 계단을 반쯤 올라가서야 그들의 새된 웃음소리를 눈치챘다. 그리고 뒤로 돌아 바닥에 놓여 있는 멀쩡한 신발 한 짝을 발견했다. 올리버는 다시 계단참으로 뛰어 내려가 신발을 허공으로 내던지며 욕을 퍼부었다. 하지만 애비게일에게는 충분히 가치가 있는 일이었다. 그때부터 애비게일은 블라썸과 간단히 눈을 맞추고 웃으며 이야기를 나누는 것만으로도 즉시 올리버를 화나게 만들 수 있었다.

"그때 올리버가 얼마나 높이 뛰었는지 기억나? 롤라가 쟤에 대해서 말했던 게 다 맞는 얘기였나 봐."

위에 숨어서 방심한 사람에게 뭔가를 떨어뜨리는 사소한 장난은 여러 형태로 변형되어 몇 차례 더 쓰였다. 한번은 올리버가 아래에 있는 애비게일을 향해서 온 힘을 다해 자기 신발을 내던졌는데, 그것 때문에 그녀의 앞이마에는 며칠 동안 멍이 가시지 않았다. 또 한번은 올리버가 아래에 있는 둘을 향해 오줌을 눠서 두 사람에게 극도의 혐오감을 불러일으키기도 했다. 하지만 그 장난은 곧 재미가 시들해져버렸다. 모두들 이 장난을 의식하게 되었기 때문이다. 그들은 누군가가 눈에 띄지 않으면 자주 위를 올려다보았고, 굉장히 조심스러워져서 웬만해서는 놀라지 않았다.

그리고 점차 그들의 마음속에 단순히 장난을 치고 망신을 주는 것보다 의미심장한 무언가가 자라나기 시작했다. 그것은 완전한 불신과 끊임없는 경계심으로, 쉴 새 없는 공격에 대비하는 것과 같았다. 그들은 누군가 가까이 다가오면 육체적으로나 정신적으로 움츠러들며 즉시 방어 자세를 취했다. 혼자 있을 때는 사소한 소리나 움직임에도 극도로 민감하게 반응하며 자기방어 태세에 들어갔다. 하지만 단순히 두려워하는 것만은 아니었다. 공격 역시 자기방어만큼이나 중요했다. 그들은 다른 아이가 공격받기 쉬운 위치로 가면 금세 간파하고 상황에 맞춰 공격했고, 어떤 약점이라도 찾아내서 써먹었다. 그들은 더 이상 서로를 사람으로 여기지 않았고, 이용할 대상으로만 보았다. 그들은 1대 2의 효과를 활용하기 위해 잠깐씩 동맹을 맺기도 했지만, 점점 서로에게서 멀어져갔다. 친근하거나 애정이 담긴 표현은 그게 어떤 것이든 결국 거절과 배신으로 이어질 수밖에 없었다. 그래서 가능한 자신을 공격할 수 없도록 지켜내고 약한 면을 드러내지 않는 게 필요했다. 그들은 다른 아이들을 항상 매섭고 번뜩이는 눈으로 바라봤다. 그들의 얼굴은 표정이 없어졌고, 움직임은 늘 갑작스럽고 수상쩍었다. 그들이 조심스러워질수록 서로 상처를 줄 방법을 찾기가 어려워졌다.

바로 그때 피터와 롤라가 그 계단참으로 내려가는 비참하고 짧은 여행을 했던 것이다.

19

"우린 곧 올라갈 거야, 아주 금방······."

블라썸이 비틀거리는 두 아이의 야윈 뒷모습을 향해 소리쳤다. 그러고는 신이 난 표정으로 애비게일과 올리버를 돌아보며 말했다.

"어떻게 쟤네들을 잊고 있었지?"

그녀가 놀라서 물었다.

"어떻게 그럴 수 있었지?"

"우리 일에 너무 열중해서 다른 생각을 못 했나 봐."

올리버가 생각에 잠겨 말했다.

"근데 쟤네들 너무 마르지 않았냐? 피터는 완전히 다른 사람 같더라. 행동도 그렇고."

"넌 그게 무슨 뜻인지는 모르나 보구나?"

블라썸이 탐욕스럽게 눈을 번뜩이며 이어 말했다.

"다음엔 뭘 할지 생각해내기가 조금씩 어려워지던 참이었는데, 지금 쟤네들한테 무슨 짓을 할 수 있을까 생각해봤더니 금세 백만 개는 떠올랐어. 환상적이야!"

"하지만……."

애비게일이 아직은 마지막 흔적처럼 남아 있을지도 모르는 동정심을 담아 말했다.

"하지만 그건 불공평한 것 같아."

그녀는 그들의 핼쑥한 얼굴과 계단 위에서 조금씩 비틀거리며 불안정하게 서 있던 모습을 떠올렸다.

"걔들은 너무 약해 보였어. 그리고 걔들은…… 이해를 못 할 거야. 어떻게 자신을 보호해야 할지도 모르고, 우리랑 같이 그랬던 것도 아니―"

올리버가 일어나 애비게일의 뺨을 사정없이 때려 볼에 다섯 개의 손가락 자국을 빨갛게 남겼다.

"짜증 나서 도저히 못 참겠네."

올리버가 말했다.

"네 그 염병할 착한 척, 잘난 척, 여린 척, 척 척 척! 그럼 도대체 다른 거 뭐 할 건데? 우리가 그 생각을 떠올린 이상, 쟤들을 괴롭히는 걸 참을 수 있을 것 같아? 네가 참아내면, 원하는 거 다 줄게."

그것은 사실이었다. 음모를 꾸미기 시작하자 애비게일 역시 다른 아이들과 마찬가지로 많은 역할을 맡았다. 앞으로 써먹을 가장 잔인한 방법을 생각해내며 함께 키득거리는 것은 원초적이며 본능적인 만족감까지 주어서, 애비게일은 좋든 싫든 푹 빠져들었다. 그리고 실제로 일이 벌어졌을 때, 그녀는 진심으로 즐겼다. 찌그러진 풍선에서 마지막 한 줌의 공기가 빠져나가듯, 인간적 감정의 마지막 흔적이 그녀를 빠져나갔다.

처음에는 간단한 것으로 시작했다. 그들이 알고 있는 가장 효과적인 장난은 마지막을 위해 아껴두었다. 계획이 완성되자마자, 그들은 서둘러 계단을 올라가 롤라와 피터의 바로 위에 있는 계단참에 몸을 숨겼다.

둘은 각자 맞은편에서 전혀 움직이지 않고 조용히 앉아 있었다. 마치 두 개의 조각품 같았다. 살이 녹아내린 것처럼 코와 광대뼈가 날카롭게 솟아 도드라져 보였고, 얼굴은 해골처럼 뾰족해졌으며, 눈은 깊게 움푹 파인 구멍 같았다.

이상하게도 피터가 공상에 빠져 있지 않았다―그는 눈을 부릅뜨고 몸을 꼿꼿이 세운 채 앉아 있었다. 그들은 피터에게 일어난 변화가 궁금했다. 특히 올리버는 어찌되었든 이 변화가 달갑지 않았다. 그때 피터의 여윈 입이 움직였다. 그는 뼈만 남은 기다란 손을 천천히 뻗어서 롤라의 어깨를 건드렸다.

"무슨 생각 해?"

노인처럼 잠긴 목소리로 속삭이며 물었다.

롤라는 한동안 대답하지 않았다. 그동안 위에 숨어 있는 세 명은 흥분한 눈빛을 주고받았다. 그들은 소리가 새 나갈까 봐 손으로 입을 틀어막고 킥킥댔다.

롤라의 입은 갈라진 틈이 벌어지듯 천천히 열렸다.

"블라썸이 다시 살찌는 데는 별로 오래 안 걸렸더라."

그녀는 쉰 목소리로 속삭였다.

"전보다 더 뚱뚱해진 것 같아."

"음⋯⋯."

피터는 거의 눈에 띄지 않게 고개만 살짝 끄덕였다. 두 사람은 다시 침묵 속으로 빠져들었다.

롤라는 약해졌지만, 아직 블라썸을 격분시킬 정도의 힘은 있었다. 처음 행동을 개시한 사람은 블라썸이었다. 그녀는 오래전에 광택이 사라진, 한 짝밖에 남지 않은 딱딱하고 작은 하얀색 비닐 구두를 롤라의 머리를 향해 집어던졌다.

예상치 못했을 때 위에서 무언가 떨어진다는 것은 기분 나쁜 법이다. 더구나 그게 머리를 때리고, 두피를 날카롭고 고통스럽게 파고든다면 더욱 충격적이고 언짢다. 그럼에도 롤라의 반응은, 블라썸에게는 실망스럽게도 놀랍도록 차분했다. 심지어 그녀는 한동안 맞은 것을 느끼지도 못하는 것 같았다.(피터는 살짝 놀랐는데도 말이다.) 이윽고 그녀는 구두를 맞은 곳에 손을 대더니 작은 비명을 지르며 고개를 숙였다.(그들은 롤라의 목뼈를 낱낱이 볼 수 있었다.) 롤라는 한 손을 머리에 대고 다른 손으로 구두를 들어 살펴본 후 한쪽 구석으로 던져버렸다. 그리고 말했다.

"피터, 애들이 시작했어. 준비해야 해."

운이 없게도 블라썸의 구두는 그들이 가진 것 중 유일하게 남아 있는, 던질 수 있는 물건이었다. 분리할 수 있는 것은 이미 모조리 서로에게 던져버렸기 때문이다. 올리버는 위에서 그 둘에게 오줌을 갈기는 계획도 짰지만 롤라와 애비게일이 보는 앞에서 그러기는 너무 무안했다. 그들은 꽤 불만스러운 상태로 두 번째 계획으로 넘어갔다.

셋의 피부는 온통 상처와 멍투성이었지만, 불구가 될 정도의 심각한 물리적 폭력은 서로 피해왔다. 그렇게 하면 극도로 만족스럽긴 하겠지만, 희생자가 춤을 추지 못하게 될지도 몰랐다. 춤은 여전히 필요했다. 하지만 피터와 롤라는 아니었다. 이 계획을 짤 때 그들은 유난히 기쁨으로 충만했다. 그들은 상대의 신체를 보호해야 한다는 제약이 너무 답답하다고 느끼던 참이었다. 블라썸은 기계에서 멀리 떨어져 있다는 것이 신경 쓰이기는 했지만, 그들 모두는 최근 그 어느 때보다도 들뜬 상태로 계단참으로 내려갔다.

올리버가 가장 먼저 도착하고, 블라썸과 애비게일이 바로 뒤에 바짝 붙어 있었다. 피터와 롤라는 몸을 구부리고, 얼굴을 무릎 사이에 파묻고 있었다.

"피터! 넌 인사도 하기 싫어? 어떻게 지내, 친구?"

올리버가 말했다.

피터는 그에게 인사하려고 본능적으로 고개를 들었다.

"조심해!"

롤라가 쉿 소리를 내며 주의를 줬다. 피터가 곧바로 몸을 숙인 덕에 올리버의 발길질이 얼굴 전면을 강타하는 대신, 겨우 머리 끝 부분만 스치고 지나갔다. 맨발인 올리버가 피터보다 더 아팠다. 이 는 그를 더 화나게 만들 뿐이었다.

"꺼져, 이 계집애야!"

올리버가 소리치며 롤라의 갈비뼈 쪽을 주먹으로 쳤다. 쿵 하는 텅 빈 소리가 나고 롤라가 옆으로 쓰러졌다. 하지만 그녀는 전혀 반응하지 않았다.

블라썸이 롤라의 머리채를 움켜쥐고 머리를 들어 올리려 했다. 그러는 사이 올리버는 으르렁거리며 롤라의 등과 옆구리를 마구 때렸다. 애비게일은 피터를 손봐주려고 혼자 남아 있었다. 그녀는 사람을 때리는 데 익숙지 않았지만, 필요한 일이라는 걸 알고 있 었다. 이윽고 그녀도 피터를 때리기 시작했다. 처음에는 소심하게 때렸지만, 점점 강도를 높여 주먹으로 그의 머리와 어깨를 마구 때렸다.

하지만 롤라와 피터가 계속 몸을 구부려 배나 얼굴처럼 연약하 고 공격하기 쉬운 부위는 모두 감추고 있었기 때문에 그들은 성에

차질 않았다. 그런 곳을 때릴 수만 있다면, 두 아이를 정말 아프게 할 수 있을 것이다. 블라썸은 숨을 헐떡이며 입술 사이로 혀를 빼물고, 롤라의 머리채를 더 거세게 당겼다. 너무 세게 당겨서 롤라의 머리카락이 뽑혀 나왔다. 애비게일은 무릎 사이에 파묻고 있는 피터의 머리를 들어 올려서 긴 손톱으로 이마를 세차게 할퀴었다. 올리버는 둘 사이를 재빠르게 오가며 밀치고 꼬집으면서 두 아이의 등을 뒤집으려 했다. 피터와 롤라는 몸을 웅크리고 이를 갈았지만 힘이 없어 무너지기 시작했다.

그때 갑자기 색색의 불빛이 비치고, 속삭임이 들려왔다. 블라썸과 애비게일, 올리버는 신호가 시작되기도 전에 계단을 내려간 것처럼 순식간에 움직였다. 너무 빨리 내려가느라 피터와 롤라의 극심한 고통을 볼 기회도 없었다—그 찌르는 듯한 고통의 강도도 빠르게 떨어지기는 했지만 말이다.

이번에는 기계가 마치 상이라도 주듯이 잘 먹여주었다. 그들이 가장 효과적이리라 예상한 세 번째 계획의 준비를 도와주려는 것 같았다. 그들은 육체적인 공격은 중단하고, 뭔가 다른 걸 하자는 데 말없이 뜻을 모았다. 아무리 때려도 별 반응이 없으니 지루할 뿐만 아니라 무기라고는 고작해야 손과 발밖에 없는 그들에게도 힘들고 고통스러운 일이었다. 세 번째 계획은 그런 약점이 없는 데다 바보라도 할 수 있을 정도로 아주 간단한 일이었다. 게다가 피터와 롤라는 스스로를 보호할 방법이 전혀 없었다.

물론 어려움이 있다면 음식을 조금 남겨야 하는 것이었다. 블라섬에게는 특히 견디기 어려운 일이었다. 하지만 이번에는 평소보다 음식이 충분해서 워낙 잘 먹었고, 또 그 계획에 집중하자 몹시 흥분이 되어서 블라섬조차도 음식을 많이 남겨놓을 수 있었다. 그들은 재빨리 계획에 돌입했다. 자신들의 의지와 힘이 얼마나 오래 갈지 믿을 수 없기도 했고, 이 분이 될지 다섯 시간이 될지는 모르지만 여하튼 신호가 다시 시작되기 전에 끝내버리고 싶었기 때문이다.

"아, 도대체 걔네들은 왜 이렇게 멀리 떨어져 있는 거야?"

하루에 두 번이나 계단을 오르게 된 블라섬이 투덜거렸다.

"가까이 있으면 신호를 놓칠까 봐 걱정하지 않아도 되잖아."

"맞아."

올리버가 동의했다.

"나중엔 쟤네들을 끌고 내려와야 돼. 하지만 그 전에 우리가 몇 번 더 올라가야겠지. 쟤들은 어디 있든 우리한테서 도망갈 수 없다는 걸 깨닫게 될 거야. 그러면 더 쉽게 끌고 내려갈 수 있을 거야. 어쩌면 자기 발로 내려올지도 모르지."

"쟤네들은 죽을 때까지 굶을까?"

애비게일이 신경질적으로 키득대며 물었다. 그녀는 이제 늘 신경질적이었다. 그리고 이상하게도 다른 두 명과 달리 예전처럼 마른 모습이었다.

"죽어버리면 개들한테 더 이상 이 짓을 못 하게 될 거야. 냄새가 날지도 몰라."

블라썸이 말했다.

"바보 같은 소리 하지 마."

올리버가 으스대고 거드름 피우는 말투로 이야기했다. 그는 점점 더 그런 말투가 심해졌다.

"쟤네들은 절대 그렇게까지 못 해. 먼저 벌벌 기어서 우리한테 돌아올 거야. 그러면 우리는 쟤네들한테 침을 뱉고, 우리한테 굴복하는 모습을 지켜보면 되는 거야."

"그치만 쟤네들 진—짜 말랐잖아."

애비게일이 안절부절못하며 변덕스러운 말투로 말했다. 그녀는 올리버가 반박당하는 걸 싫어한다는 점을 잘 알았다.

"진—짜 말랐다고."

올리버가 계단 중간에서 돌아서더니 애비게일의 목덜미를 움켜쥐고 연약한 부위를 손가락으로 세게 눌렀다.

"닥쳐!"

올리버는 이를 악다물고 그녀를 흔들며 말했다.

"닥쳐, 닥쳐, 닥치라고!"

하지만 애비게일의 입 모양은 줄곧 반쯤 웃는 것처럼 보였다. 올리버는 손아귀 힘이 빠져 그녀를 놓아주었다.

"여하튼 네가 뭐라 생각하든 누가 신경이나 쓴대?"

올리버는 그렇게 말하고 다시 위로 올라갔다.

"가자, 우리 지금 급해."

그들이 계단참에 도착하자 피터와 롤라가 다시 자세를 웅크렸다. 그들이 다가가는 소리를 들은 것이 분명했다.

"그럴 필요 없어. 안 때릴 거니까."

올리버가 말했다.

"뭘 던지지도 않을 거야."

블라썸이 덧붙였다.

피터와 롤라는 대꾸도 하지 않고 자세를 바꾸지도 않았다.

다른 아이들도 그러리라 예상했고, 어떻게 해야 할지도 알았다. 블라썸이 곧장 롤라 곁에 무릎을 꿇고 앉아서 왼손에 들고 있던 음식 중 한 덩이를 롤라 앞에 들이밀었다. 그녀는 음식을 고개를 파묻은 롤라의 코에 최대한 가깝게 들이댔다.

"무슨 냄새 나지 않니?"

블라썸이 롤라에게 물었다.

"롤라, 뭔가 익숙한 냄새지? 냄새 좋지?"

그녀는 롤라의 손가락에 음식을 문질렀다.

"뭔가 느껴지니? 느낌이 좋지 않아? 지금 손가락을 핥아보면 약간 맛이 날지도—"

롤라가 갑자기 움직였다. 하지만 블라썸은 이미 준비하고 있었던 데다, 기계 때문에 민첩하게 움직이는 데 익숙해졌다. 블라썸이 재빨리 일어나는 바람에 롤라의 팔이 닿지 않았다. 롤라가 거칠게 움켜잡으려 했지만, 손은 블라썸의 치마를 살짝 스치고 지나갔을 뿐이었다. 앞으로 내민 롤라의 손은 약하게 떨리고 있었다. 블라썸은 롤라의 초췌한 얼굴과 움푹 파인 눈을 노려보면서 음식을 자기 입에 밀어 넣고 아주아주 천천히 끝까지 씹은 후 삼켰다.

"음······."

블라썸이 롤라의 눈을 계속 바라보면서 한숨을 쉬었다.

"정말 맛있다."

피터도 고개를 들어 그들을 쳐다보고 있었다.

"피터, 하나 줄까?"

올리버가 피터를 향해 걸어오면서 손을 내밀고 말했다. 올리버는 피터의 눈앞에서 손가락으로 음식을 집어 들고 천천히 흔들었다. 어찌해볼 도리도 없이, 피터도 손을 내밀었다.

"어, 어, 어, 불쌍한 녀석."

올리버가 뒤로 훌쩍 물러나며 혀를 끌끌 차고 고개를 저었다.

"장난꾸러기, 장난꾸─러기, 장난꾸─러기."

올리버는 블라썸이 그랬듯이 음식을 천천히 씹기 시작했다. 그러고는 입을 벌리더니 혀를 쭉 내밀고 적갈색의 끈적이는 덩어리와 번들거리며 흘러내리는 침을 보여주었다.

블라썸은 아직 롤라를 놀리고 있었다. 롤라는 블라썸이 먹는 모습을 쓸쓸히 바라보다가 자신을 보호하고 피터에게 벌어지는 일을 파악하기에는 스스로가 너무 약한 것 같아서, 다시 웅크린 자세로 돌아갔다. 그러자 블라썸이 그녀에게 다가가 감질나게 다시 한 번 음식을 코앞에 들이밀었다. 롤라가 통제력을 잃고 굼뜨게 헛된 손길을 뻗자 블라썸은 킥킥대며 웃었다. 이런 짓은 음식을 주지 않겠다고 하는 것보다 훨씬 더 끔찍한 모욕이었다. 블라썸은 롤라가 완벽하게 무력하고 가련한 희생자가 된 모습이 너무도 즐겁고 만족스러웠다. 롤라가 이보다 싫어할 일을 생각해내기 힘들 정도였다.

그들은 기계의 신호를 기다려야 한다는 생각으로 머릿속이 가득 차, 음식이 떨어져가자 곧 떠났다. 올리버는 떠나면서 마지막 남은 음식을 두 아이 앞에서 이리저리 흔들었다. 그들은 멀어지는 음식을 향해 거부하지 못하고 너무도 느리고 힘없이 손을 뻗는 피터와 롤라의 눈앞에서 등을 돌리고 웃어대며 계단을 내려갔다. 그들은 서로 괴롭히거나 모욕을 줄 기회가 있을 때마다 놓치지 않고 공격을 주고받으며 아래로 향했다.

20

그리고 결국 그 순간이 왔다. 롤라가 잠에서 깨어나 눈을 떴을 때, 먹지 않으면 죽으리라는 사실이 너무도 분명하게 느껴졌다.

그냥 배고픈 것과는 차원이 달랐다. 지옥 같았던 첫날이 지나자 이상하게도 배고픔은 거의 사라졌다. 물만으로도 충분한 것 같았다. 올리버와 애비게일, 블라썸이 올라와서 유치한 놀이를 벌였을 때만 한 번 참을 수 없는 유혹을 느꼈을 뿐이다. 하지만 아이들이 피터와 롤라에게 음식을 전혀 주지 않았기 때문에, 이제 그 맛이나 느낌은 거의 잊어버린 감각이 되었다.

배고픔만 사라진 것이 아니라 기계의 신호도 약해지기 시작했다. 일단 몇 차례의 신호를 잘 버텨내자 어찌해볼 도리가 없던 기계의 명령도 기세가 꺾였다. 게다가 어찌되었든 그들은 음식이 자신들 몫이 아니라고 마음을 굳혔기 때문에, 기계가 주는 보상이 점차 매력을 잃어갔다. 그리고 결국 다른 아이들이 고통스러운 방문을 시작한 후부터는 불빛과 목소리의 의미가 완전히 바뀌어버렸다. 이제는 신호가 계속되는 한 피터와 롤라가 아이들로부터 안전하다는 걸 의미했다. 그래서 그들은 마침내 예전에 신호를 두려워했던 만큼이나 신호를 반기게 되었다.

롤라가 지금 느끼는 것은 배고픔이 아니었다. 만약 그런 게 존재한다면, 배고픔보다 더 깊고 본능적인 것이었다. 죽어간다는 느낌이 근본적이고 거부할 수 없는 삶의 충동과 함께 찾아왔다. 몸속의 모든 세포들이 생명을 포기하고 하나씩 죽어 쓸모없는 조직으로 변해 결국에는 아무것도 남지 않으리라는 것이 느껴지는 것 같았다. 여기에 맞서 싸울 것을 밀어붙이는 힘은, 기계라는 거대한 악에 저항하기 위해 참아왔던 배고픔과는 흐름이 전혀 달랐다. 이전에는 미처 알지 못했던 힘이었다. 그리고 이 힘이 갑작스럽게 모습을 드러내자 그 앞에서 그녀의 의지는 무력해졌다.

"피터."

롤라가 속삭였다. 그들은 최근 거의 말을 하지 않았다. 말을 하더라도 들릴 듯 말 듯 속삭였다. 다른 아이들과 맞닥뜨릴 때를 대비해 작은 힘이나마 아껴두어야 했기 때문이다.

"피터."

그녀가 다시 불렀다.

계단에 기대 있던 피터가 천천히 고개를 들어 그녀를 봤다.

그녀는 시간도, 말로 낭비할 기운도 없었다.

"나 죽어가."

그녀가 말했다.

"온몸에서 느껴져."

피터가 고개를 끄덕였다.

"응. 나도 느껴져."

"어쩔 수 없어. 먹어야 해. 난 죽을 수 없어. 내려가야겠어. 가능할지는 모르겠지만."

피터는 그녀의 말에 충격을 받았다. 너무도 실망한 나머지 다른 아이들이 괴롭힐 때보다도 훨씬 더 고통스러웠다. 피터는 간신히 일어나 앉았다.

"안 돼."

그가 말했다.

"롤라, 이제 와서 포기하지 마. 기계가 애들한테 무슨 짓을 했는지 생각해봐. 너한테 무슨 짓을 할지."

하지만 그녀는 벌써 몸을 질질 끌며 가까운 계단을 짚고 일어서려는 중이었다.

"넌 이해 못 해."

그녀는 숨을 헐떡이더니 몸을 기대며 불안정하게 일어섰다.

"내가 할 수 있는 건 아무것도 없어. 내 안에 있는 뭔가가 나를 죽게 놔두지 않아. 나를 그렇게 놔두지 않을 거야."

그에게 남은 힘이 있었다면 자포자기의 울음을 터뜨렸을 것이다. 그녀를 붙잡아 머무르도록 했을 것이다. 하지만 그럴 수 없었다. 그가 할 수 있는 일이라곤 그녀를 바라보고는 두세 번 눈물을 삼키는 것뿐이었다. 피터는 그녀의 느낌을 알고 있었다. 그의 몸은 롤라의 몸보다도 더 빠르게 약해졌을 터였다. 하지만 그는 살고자 하는 본능이 그다지 강하지 않았다. 지난 삼 년간 그의 삶은 너무 무기력하고 공허해서 그 삶을 움켜잡아야 할 이유가 전혀 없었다. 재스퍼와 헤어진 이래로 이제껏 그의 관심을 끈 것은 사실 기계와의 싸움이 유일했다. 그가 삶이라고 알고 있는, 그 재미없고 공허한 것을 붙잡기 위해 이 싸움을 포기하고 싶지 않았다.

하지만 롤라가 몸을 돌려 그를 응시했을 때, 피터는 그녀와 함께 가야 한다는 사실을 깨달았다. 그녀 안에 있는 무엇인가가 쇠약해졌다 할지라도, 그녀는 여전히 자신만큼이나 기계를 증오하고, 앞으로도 쭉 그러리라는 사실을 깨닫게 되었다. 피터가 굴복하지 않고 죽어버린다면, 그녀는 남은 일생 동안 성공이 가능했다는 사실과 자신이 실패했다는 사실을 곱씹으며 살아가게 되리라. 미래에 무슨 일이 일어나든 그녀가 그 실패를 혼자 견뎌내야 한다면 그건 너무도 괴로운 일이 될 것이다. 그렇게 피터는 롤라를 돌보는 것이 기계와의 싸움보다 더 중요하다는 사실을 깨달았다. 그는 롤라를 저버릴 수 없었다.

그는 고통스러운 실망감을 애써 모른 척하며 일어나려 안간힘을 썼다.

"네, 네가…… 옳아."

그는 거짓말을 생각해내느라 갑자기 혼란스러워서 예전처럼 말을 더듬었다. 그건 지금부터 살아가는 내내 가져가야 할 거짓말이었으므로 실수 없이 똑바로 해야 했다.

"나도 같은 느낌이야. 속에서 뭔가가…… 나를 죽게 놔두지 않을 거야. 기계는…… 기계는 아무것도 아냐."

"응."

롤라가 그를 보며 말했다. 그리고 돌아서서 내려가기 시작했다.

다행스럽게도 그들이 다른 아이들에게 도착하기 훨씬 전에, 머리 위에서 윙 소리가 들려왔다. 위를 올려다보자 그들을 데려가기 위한 승강기가 내려오고 있었다.

에필로그

당연하게도, 롤라와 피터는 회복하기까지 오랜 시간이 걸렸다. 그들은 팔에 꽂은 고무관을 통해 서서히 영양분을 주입받았다. 로런스 박사는 완전히 건강해질 때까지 다섯 명을 각각의 병실에 수용하고, 어떤 질문에도 대답하지 못하도록 했다. 그리고 마침내 아이들이 회복되었다고 판단되자 조용한 흰 복도를 통해 아이들을 한 명씩 데리고 갔다. 아이들은 복도를 지나갈 때마다 호기심 어린 눈들을 불편하게 의식해야만 했다. 하지만 그들이 따라간 연구실의 벽 하나가 통째로 한쪽에서만 보이도록 되어 있으며, 그 벽 뒤에는 수십 명의 박사와 과학자 들, 그리고 다른 몇몇 사람이 침묵 속에서 그들이 방으로 들어올 때마다 유심히 지켜보고 있다는 사실은 알지 못했다.

　처음에 아이들은 서로의 모습을 보고 충격받았다. 그들이 기억하는 건 수척한 모습과 부러진 검은 손톱, 푸석한 머릿결, 갈기갈기 찢기고 해진 옷과 몸에서 나는 고약한 냄새였다. 밝은 얼굴에 단정한 머리를 하고 빳빳하게 다려진 옷을 입고 서 있는 모습은 마치 낯선 사람을 보는 듯했다. 특히 롤라와 피터에게는 다른 세 명의 행동이 익숙지 않았기 때문에 더욱 그랬다. 그 세 명은 긴장하여 약간 구부정한 자세로 끊임없이 이쪽저쪽을 슬금슬금 쳐다봤다. 그들은 재빠르고 은밀하게 움직였다. 머리카락을 뒤로 빗어 넘기는 애비게일의 몸짓은 예전처럼 우아하지 않았다. 다른 더 중요한 일에 대비해야 하는 것처럼 사무적으로 재빨리 움직일 뿐이었다.

　다른 세 명만큼은 아니었지만, 피터도 달랐다. 그는 꼿꼿한 자세로 서서 사람들을 차분한 눈빛으로 바라보았으며, 롤라를 보고는 더없이 활짝 웃었다. 롤라는 그의 웃음을 보는 순간 자긍심과 애정이 담긴 행복을 느꼈다. 그들은 서로에게 한걸음에 달려가 잠시 동안 손을 꼭 쥐고 있었다.

　애비게일을 만난 올리버의 첫 반응은 뺨을 때리는 것이었다. 애비게일은 그의 손을 잡고 물어버렸다. 그들은 박사가 거기 있다는 사실을 갑자기 떠올리고 당황하며 서로에게서 물러났다. 하지만 로런스 박사는 놀라지 않은 것 같았다. 그의 반응은 입술을 달싹이더니 잠시 동안 관찰 벽을 향해 눈을 돌린 것뿐이었다.

"음?"

롤라가 허리에 손을 얹고 방을 돌아보며 말했다. 하얀 연구실 한쪽의 계기판은 대부분 영상 화면으로 이루어져 있고, 수십 개의 단추와 작은 계량기가 나란히 있었다. 롤라는 화면을 자세히 살펴보기 시작했다. 그리고 그들 모두가 거의 동시에 화면이 무엇을 비추고 있는지 눈치채고, 공포감과 향수가 뒤섞인 기이하고 강렬한 느낌을 받았다. 애비게일은 울부짖기까지 했다. 화면에는 계단밖에 보이지 않았다.

"아, 그래."

박사가 그들의 반응을 알아차리고 계기판을 향해 움직이며 말했다.

"영상 화면이 너무 많아서 놀랐을 거다. 하지만 우리는 너희가 지원 본부를 떠난 후에 어떻게 행동할지 전혀 예측할 수 없었단다. 물론 모든 걸 지켜보고 기록할 준비를 해야 했지. 이걸 보렴."

그가 단추 하나를 눌렀다. 가운데 화면에 불이 반짝 들어왔다. 거기에는 헝클어진 모습의 미친 듯한 세 아이가 힘들다고 툴툴거리고 땀을 흘리면서 웅크린 롤라와 피터를 잔인하게 공격하고 있었다.

"그만!"

애비게일이 눈을 가렸다.

"그만, 그만, 제발요!"

"그래그래."

박사가 재빨리 답했다. 화면에는 갑자기 아이들의 모습이 사라진 빈 계단만 보였다.

"하지만 왜?"

피터가 물었다.

"왜 그런 거죠? 뭘 증명하고 싶었던 거예요? 이건 너무……."

그는 롤라를 바라보며 못 믿겠다는 듯 고개를 저었다.

"난 네가 왜 그렇게 놀라는지 잘 모르겠어."

롤라가 화면을 가리키며 말했다.

"저 사람이 진작 우리한테 겪게 한 짓거리들보다 더 역겨울 것도 없잖아. 저 유치하고 끔찍한 놀이를 까발리면서 계속 우리를 가지고 놀게 한번 놔둬 보자고. 어쨌든 너하고 난 견딜 수 있을 거야."

"그래."

박사가 롤라를 노려보며 말했다. 벽 뒤에서 지켜보고 있는, 그를 잘 아는 사람들은 그의 습관적인 무표정과 언제나 침착하고 잘 조율된 목소리에 익숙했다. 하지만 지금 그들은 그의 표정과 말투에 깜짝 놀랐다.

"너희가 견뎌냈기 때문에 이 위대한 과학 실험이 실패하게 된 거다."

피터와 롤라는 서로 마주 보았다. 롤라는 승강기가 내려왔을 때 그들이 포기 직전의 상태였다는 비밀을 들키지 않았음을 눈치챘다. 피터 역시 자신만의 비밀이 여전히 안전하다는 걸 알아차렸다.

박사가 텅 빈 벽을 바라보았다.

"너희를 그냥 굶주리게 둘 수는 없는 데다 다른 아이들에게서 사실상 실험이 성공적으로 진행되었다는 걸 확인했기 때문에, 안에 들어가 너희 모두를 데리고 나오기로 마지막에 결정했다. 다음 번엔 좀 더 일관된 결과가 나오길 기대해야지."

박사는 이제 관찰 벽에 대고 똑바로 말하고 있었다. 그는 안경을 벗어 초조하게 만지작거리기 시작했다.

"물론 우리에게 다음 기회가 주어진다면 말이다."

잠시 말을 멈추더니 안경을 다시 쓴 박사의 말이 빨라졌다.

"임의적으로 선택된 대상에서 나타나는, 지금껏 발견되지 않았던 심각한 이상 증세는 우리 연구소나 우리 기술의 책임이 아니라는 사실을 반드시 알아둬야—"

갑자기 그가 말을 멈췄다.

계속 벽을 쳐다보며 이야기하는 박사의 모습은 연구실에 같이 있는 다섯 명에게는 정말 기이해 보였다. 그들은 박사의 설명이 자신들이 아니라 관찰실에 있는 사람들을 향한 것이며, 자신들의 존재는 사실 전시품과 별반 다르지 않다는 것을 알아채지 못했다.

"조건화에 대해 설명해줘야 할 것 같구나. 조건화란 모든 유기체가 기본적으로 고통을 피하고 쾌락을 얻기 위해 가장 효과적으로 세계와 상호 작용하는 방법을 배울 때 사용하는 수단이지. 조건화의 가장 핵심적인 구성 요소는, 너희가 하는 어떤 행동이 다른 것들로부터 어떤 반응을 이끌어내는지를 깨닫는 거다. 너희가 외부의 자극에 어떤 식으로 반응하면, 특정한 결과가 나타난다는 사실을 배우는 거지. 너희는 자극들 간의 차이를 구별해야 할 필요가 주어지면, 그 방법을 배우게 돼. 적절한 결과를 얻기 위해 적절한 시간에 적절한 행동을 하는 것을 자동적으로 배우는 거야. 너희의 행동이 만들어낸 결과에 의해, 너희가 취했던 행동 방식이 강화되는 거지. 사람들은 오랫동안 이런 조건화된 행동 양식에 대해서 연구해왔어. 얼마 후면 우리는 생물이 하는 모든 행동을 이런 방식으로 설명할 수 있게 될 거다."

다시 한 번 그가 말을 멈췄다.

"자, 이제……."

그가 말을 이었다.

"우리 실험에서 각각의 요소가 어떻게 행동을 조건화하는 것과 연관되어 있는지 설명해주마. 먼저 계단부터—"

"잠깐만요."

롤라가 말했다.

"난 돌려서 말하는 거 별로 안 좋아해요. 그러니까 당신이 우리를 훈련시키려 했다는 거 아니에요? 우리한테 특정한 행동 양식을 만들어내려고 말이죠."

"그렇지."

박사가 황급히 그녀를 돌아보고 말했다.

"그렇다면 왜 우리에게 그런 짓을…… 그런 끔찍한 훈련을—"

로런스 박사가 손을 치켜들었다.

"부탁이니 내 말을 끊지 마라. 각각의 요소를 설명하지 않으면 누구도 이해할 수 없어. 자, 계단이다. 계단은 매우 중요한 기능을 담당한다. 가장 빠르고 강력한 결과를 얻어내기 위해서 나는 음식이라는 요소의 힘을 최대한 강화시켜야 한다고 생각했다."

그는 다시 벽 쪽을 봤다.

"불쾌하지 않은 요소는 음식밖에 없어야 한다는 점이 아주 중요했지. 다른 모든 것들이 끔찍하게 무섭고 낯설고 불편하다면, 유일하게 기쁨을 주는 요소가 얼마나 더 절대적으로 만족스럽고 또 필요해지겠냐는 말이다."

"당신은 틀렸어요."

롤라가 말했다.

"뭐?"

박사가 롤라를 향해 고개를 돌렸다.

"당신은 틀렸다고요. 보상이 더 중요해요."

"무슨 소리를 하는지 모르겠다."

롤라가 한숨을 쉬며 말했다.

"당신은 방금 우리를 훈련시키기 위해 어떻게 모든 환경을 불쾌하고 무섭게 만들었는지 말했잖아요. 그럴 필요가 없었어요. 당신이 뭐라고 부르든 상관없지만, 진짜로 효과가 있는 건 보상이나 기본 원리를 강화하는 거예요. 처벌은 그다지 효과가 없어요. 사실…… 사실 그렇게 처벌을 강화하는 대신 보상을 더 주었더라면 더 좋은 결과를 얻었을 거예요."

잠시 동안 박사가 말없이 그녀를 노려보기만 했다.

"도대체 그런 걸 어떻게 아는 거냐?"

마침내 박사가 말했다.

롤라는 어깨를 으쓱하면서 피터의 눈을 피했다. 피터는 뜻밖의 상황에 놀라 그녀를 빤히 보고 있었다.

"그, 그냥 알아요."

롤라는 대답하고 아래를 내려다봤다.

박사가 코웃음 쳤다.

"끼어들지 마라."

그가 차갑게 말했다.

"자, 이번엔 불빛과 목소리다."

그가 이어서 말했다.

"이 두 가지는 당연히 차이를 구별할 수 있도록 주어진 자극이다. 그러면 실험 대상은 그들의 행동에 따라 자극 다음에 음식이 나온다는 걸 빠르게 배우게 되지. 그리고 목소리가 실제로 말하는 것은……."

그는 계기판을 움직여서 다른 단추를 누르고 그들을 바라봤다. 갑자기 방 안을 가득 메운 목소리가 가깝게 들렸다. 그러자 그들은 그 목소리가 단지 불분명하고 의미 없는 소리이며, 진짜 말은 아니었다는 사실을 깨달았다. 박사가 목소리를 재빨리 멈췄다.

"너희 각자가 그 목소리를 어떻게 해석하고 다음 행동과 연관시켰는지는 사실 사소한 부수적인 성과라고 할 수 있다. 그리고 불빛에 대해서 말하자면……."

이번 단추는 계기판의 조명을 작동시켰다.

"혹시 괜찮다면 저게 무슨 색인지 말해주겠니?"

이상하게도 모두가 대답하길 주저했다. 결국 올리버가 말했다.

"내 생각에는…… 녹색?"

"아냐, 당연히 빨간색이지."

애비게일이 즉시 반박했다.

"그런데, 아니네."

그녀가 말을 계속했다.

"아마, 어쩌면 이건……."

"이건 그냥 아무 색도 없는 빛의 색이야."

블라썸이 말했다.

"이건 빨간색도 녹색도 아냐. 그냥 빛의 색일 뿐이야."

"그래."

박사가 불빛을 껐다.

"참고로 말해주자면, 실험 전이었더라면 너희는 모두 빨간색이라고 했을 거다. 그리고 이건 빨간색이 맞아."

그는 벽을 향해 돌아섰다.

"이건 구별이 필요하지 않게 되거나 판단력이 강화되지 않으면, 사람들이 색깔이든 뭐든 어떤 식으로 구별하지 못하게 되는지 보여주려는 실험이었다. 이 경우에는 강화를 통해 조건화한 게 아니라, 실험 대상이 빛의 색에 별다른 의미가 없다는 걸 알게 되면서 곧 색의 구별을 중단하게 된 거지."

"하지만…… 그럼 우리는 빨간색과 녹색의 차이를 다시 배우게 되나요?"

애비게일이 겁먹은 목소리로 물었다.

"이번엔 춤이다."

박사는 그녀의 질문을 무시하고 계속했다.

"내가 최종적으로 도출해내려던 행동은 전적으로 다른 것이었지만, 그럼에도 춤은 그 자체의 매우 중요한 기능을 잘해냈어. 그 춤을 통해 너희는 많은 걸 배웠지. 너희가 충분히 집중하고 잘 관찰했다면 먹기 위해서는 특정한 방식으로 행동해야 한다는 사실, 너희 모두가 함께 해야 한다는 사실, 음식은 너희가 통제할 수 없는 임의의 시간에 나온다는 사실, 음식을 먹기 위해 해야 할 너희의 행동이 변한다는 사실, 또 너희가 행동을 어떻게 바꿔야 할지는 지시될 거라는 사실을 배웠을 거야."

"그렇지만 만약 기계를 작동시키기 위해서 우리 모두가 춤을 추어야 하는 거라면……."

올리버는 묻지 않을 수 없었다.

"어떻게 우리 셋만 추었을 때도 작동하게 된 건가요?"

이번에는 박사가 대답을 꺼리지 않는 것 같았다.

"그건 저 두 명을 굴복시키려는 시도였다. 우리는 다른 아이들이 실제로 먹고 음식으로 유혹하면, 저 아이들이 포기할 거라 생각했거든."

"알겠어요."

블라썸이 이어서 말했다.

"하지만 왜 어떤 때는 불빛과 목소리가 나오는 동안 우리가 모든 걸 제대로 했는데도 기계가 작동하지 않았던 거죠?"

"맞아."

다른 아이들도 맞장구를 치며 박사에게 다가갔다. 그건 그들 모두를 곤혹스럽게 만들고 좌절시켰던 일이었다.

"너희는 이해 못하겠지만 우리는 그걸 변동비율 강화법이라고 부른다."

박사가 말을 계속했다.

"그게 일관된 강화법보다 더 안정적이고 오래 지속되는 행동을 만들어내지."

그 말에 아이들이 어리둥절해하는 사이, 박사가 내쳐 말했다.

"이제 목표를 설명해주지. 우리가 실시한 통제된 조건화 실험의 목적 말이다. 인류의 가장 큰 문제 중 하나는 대부분의 사람들이 삶으로부터, 현실 세계로부터 받는 조건이 무계획적이라는 거야. 계획성이 없고 우연적이지. 그러니 극히 소수의 사람만이 잘 적응하고, 또 극히 소수의 사람만이 삶의 상황을 자신을 위해 준비된 조건으로 생각한다는 게 놀랄 일은 아니다. 그렇게 많은 사람들이 절망하고 불만스러워하느라 — 더 나빠지지 않는다면 말이야 — 최대 능률을 수행하지 못한다는 게 당연해. 우리의 궁극적인 목표는 당연히 모든 사람들을 위해 과학적으로 기획된 조건화를 제공해주는 거야. 하지만 인간을 대상으로 한, 우리의 첫 번째 역작이었던 이번 실험의 목표는 아주 중요한 특수 임무를 수행할 수 있는 특별한 맞춤 집단을 만들어내는 것이었다."

"어어, 잠깐만요."

롤라가 말했다.

"무슨 말인지 모르겠는데. 임무라뇨? 내 말은…… 도대체 무슨 임무기에 괴물이 필요한 거죠?"

박사는 그녀를 무시했다.

"우리의 위대한 대통령 각하께서는……."

그는 다시 관찰 벽에 눈을 돌리고 말했다.

"우리 연구가 나아가야 할 방향을 오랫동안 생각해오셨지. 일 년 전쯤, 각하를 개인적으로 뵙는 영광스러운 기회가 있었다. 각하께서 내게, 언뜻 부당하거나 쓸모없는 것처럼 보이더라도 어떤 명령에든…… 의심 없이 따를 수 있는, 더 나아가서 대단히 주의 깊고 경계심이 강해서 절대 실패하거나…… 체포되지 않을 우수한 청년 조직을 만들어줄 수 있냐고 물으셨지. 너희도 잠시만 생각해본다면, 특정한 국내 문제뿐만 아니라 국제 안보와 정보 수집, 국방과 관련된 임무에 그런 특수 조직의 개입이 얼마나 중요한지 알 수 있을 거다. 그런 조직은 정치범 수용소나 감옥의 감독관뿐만 아니라 심문관으로도 활용할 수 있다는 점은 말할 필요도 없지. 난 각하께 그러겠다고, 그런 조직을 각하께 제공해드릴 수 있으리라 확신한다고 말씀드렸어. 이런 중요한 실험을 위한 기금은, 당연한 이야기지만 대단히 넉넉했다. 우리가 계획했던 늘어나는 조건화 실행을 위해 충분히 넓은 환경을 건설할 수 있을 정도로 엄청나게 많았지. 그리고 지극히 운 좋은 다섯 명의 젊은이들이 이 역사적인 실험의 첫 참가자로 선발된 거다. 그중 몇몇은 자신들이 얼마나 운이 좋은 건지 인식하지 못하니 참 안됐다만."

"운이 좋다고요?"

롤라가 말했다.

"그 지옥을 겪은 걸 운이 좋다고 하는 거예요? 참고로 말해주겠는데, 혹시나 내 인생의 목표가 더러운 정치판에서 노닥거리는 거라 생각한다면 —"

"조용히 해!"

박사의 목소리가 날카로웠다. 짜증을 내는 것은 그의 평소 성격과 전혀 다른 모습이라 관찰 벽 뒤에 앉은 동료들은 또다시 놀랐다.

"네 태도는 정말 유감이다."

그는 엄한 말투로 계속 말했다.

"하지만 우린 결국 너처럼 교정하기 어려운 사람도 충분히 다룰 수 있을 정도로 세련된 기술을 갖게 될 거다. 아니……."

그는 관찰 벽에서 눈을 떼지 않고 말했다.

"아니, 제 바람과는 달리 저는 활용 가능한 다섯 명을 다 만들어 내지는 못했습니다. 하지만 그 때문에 저를 비난하시면 안 됩니다. 이번 실험은 어쨌든 이런 종류로는 처음이었으니까요. 첫 번째 시도에서 100퍼센트 성공하라는 것은 비이성적인 요구입니다. 실험 대상 중 둘은 교정이 안 되었지만, 그뿐입니다. 누구도 저보다— 이 아이들을 더 잘 다룰 수는 없었을 거라고 확실히 말씀드릴 수 있습니다. 나머지 셋은 정확히 우리의 목표대로 바뀌었습니다."

그는 블라썸과 애비게일, 올리버를 향해 팔을 쭉 뻗었다.

연구실에 있는 다섯 명은 박사가 실제로 미친 게 아니라면 몹시 당황한 게 틀림없다고 생각했다. 도대체 왜 저 사람은 빈 벽에 대고 계속 떠드는 걸까? 이제는 관찰 벽 뒤에서 지켜보던 사람들조차 충격을 받고 자리에서 들썩이며 서로 초조하게 힐끗거렸다. 로런스 박사는 절대 이런 식으로 행동하는 사람이 아니었다. 뭔가 잘못된 게 분명했다.

"저는 완벽한 사례 셋을 제출합니다."

박사가 이어서 말했다.

"그리고 다섯 명 모두에 대해 연구하겠습니다. 우리는 실수로부터 배워 곧 100퍼센트 완벽하게 알아낼 수 있을 겁니다. 아직은 우리보다 경험이 많은 사람이 아무도 없습니다. 이 실험은 확실히 우리 손에 달렸습니다. 여기 있는 세 명은 완벽하게 활용 가능하며 뛰어난 수행 능력을 보여줄 것입니다. 이들은 몇 달 내로 임무를 시작할 수 있을—"

"그 말은 우리보고 계속 이런 존재로 살라는 건가요?"

애비게일이 자제력을 잃고 갑자기 소리를 질렀다.

"이제 끝난 거 아니었나요?"

박사는 숨을 깊이 들이쉬더니 신경질적으로 안경을 고쳐 썼다.

"난 그러지 않기를 바라지만, 지금으로서는 뭐라고 이야기할 수 없구나."

그는 시원하게 대답할 수 없는 것이 불쾌한 듯 딱딱하게 말했다.

"이번 실험은 이런 종류로는 처음이었기 때문에, 당연한 이야기지만 우리에게는 감멸 곡선 자료가 없다. 강화가 중단된 후 행동이 얼마나 지속되는지 보여주는 도표 말이야. 실험은 아직 끝나지 않았어. 그 부분에 대해 이제부터 너희를 연구하려고 한다."

그들은 병원 뜰을 걷고 있었다. 블라썸과 애비게일, 올리버는 실

외에 있는 것이 그리 편해 보이지 않았다. 그들의 몸은 긴장 상태였고, 눈은 하늘 위를 봤다 좌우를 살폈다 하며 쉬지 않고 움직였다. 그들은 작은 무리를 지어 다니긴 했지만, 절대로 서로를 건드리지 않았다. 그들은 웃지 않았다.

실험 사이에 쉬는 시간이었다. 그들은 롤라와 피터가 곧 어딘가로 보내질 거라는 이야기를 막 알게 된 참이었다.

"섬으로 갈 거다."

박사가 말해줬다.

"적응하지 못하는 사람들이 가는 곳이지."

다른 세 명은 더 많은 실험을 치를 예정이었다. 그러고 나면 훈련을 시작하게 될 것이다. 정확히 어떤 훈련인지는 아무도 몰랐다.

롤라와 피터는 다른 아이들을 호기심 어린 눈으로 지켜보면서 뒤따라 걷고 있었다. 갑자기 올리버가 뒤를 돌아보더니 말했다.

"째려보지 마!"

"째려보는 거 아냐."

피터가 걸음을 멈추고 말했다.

"우린 그냥―"

"난 너희가 '그냥' 뭘 하든 관심 없어. 우리 좀 내버려 둬!"

올리버가 말했다.

애비게일은 아직도 몹시 마르고, 움푹 팬 눈 아래에 그림자가 져 끔찍한 몰골이었다.

뚱뚱하게 살이 오른 블라썸은 혈색 좋고 건강해 보였다.

"그래, 우린 너희가 가까이 있는 게 싫어. 졸졸 따라다니지 마. 필요 없으니까 꺼져버려!"

블라썸이 말했다.

"원하신다면야."

롤라가 말을 하다가 멈췄다. 불쌍한 그들에게 못되게 굴 이유가 없었다.

"피터, 가자."

두 사람은 돌아서 다른 방향으로 걷기 시작했다.

피터가 손을 뻗어 롤라의 손을 잡았다. 누가 보든 상관없었다. 그들은 지금껏 남자와 여자 사이에 깊은 감정은 성적인 것뿐이라고 배워왔지만, 이제는 그 말이 거짓이라는 것을 알았다. 그들은 친구였고, 서로 사랑했다. 그들이 마주 잡은 손은 온전히 순수했다. 그것은 또 하나의 즐거움이었고, 그들이 체제와 기계에 굴복하지 않는 또 하나의 길이었다. 그들은 이겼다. 그보다 더 큰 기쁨은 없었다. 그들은 그들과 비슷한 사람들이 있는 곳으로 멀리 떠난다. 여기와는 다른 곳, 아마도 더 나은 곳으로.

"애비게일은 참 안됐어. 너무 슬퍼 보이더라. 한때는 참 괜찮은 애였는데."

피터가 말했다.

"맞아. 앞으로 애비게일이 어떻게 될지 궁금해. 저런 상태가 언젠가는 없어질지."

"박사는 아무도 모른댔어."

피터가 대답했다. 두 사람은 발육을 정지시킨 나무들이 무리 지어 있는 곳으로 한가로이 함께 걸어갔다.

아직도 작은 무리를 이루고 있는 블라썸과 애비게일, 올리버는 서둘러 병원 뜰을 가로질렀다.(그들은 천천히 걷는 게 불가능했다.) 그들은 시멘트 담에 딱 달라붙어서야 안전함을 느꼈다. 그러다 담이 끝나고, 갑자기 길이 꺾여 그들은 신호등과 마주쳤다―녹색의 신호등이 깜빡였다.

그들은 주저하지 않고 춤추기 시작했다.

| 옮긴이의 말 |

　멀지 않은 미래, 열여섯 살의 고아 다섯 명이 낯선 곳에서 눈을
뜬다. 이곳은 미로 같은 계단이 사방을 둘러싸고 있다. 벽도, 천장
도, 바닥도 없다. 오로지 계단뿐이다. 소심한 피터, 씩씩한 롤라, 욕
심 많은 블라썸, 상냥한 애비게일, 쾌활한 올리버는 이곳이 어디
며, 누가 왜 자신들을 여기에 데려다 놓았는지 전혀 알지 못한다.
그들은 계단밖에 없는 이곳에서 살아남아야 한다.

　1974년 발표된 『계단의 집』(*The House of Stairs*)은 미스터리와
심리, 공포, 사회적 요소를 두루 갖춘 독특한 SF로, 미국의 저명한
SF 작가 윌리엄 슬레이터(William Sleator)의 대표작이다. 슬레이터

는 1970년부터 지금까지 30여 편이 넘는 작품을 발표했으며, 특히 청소년 독자를 대상으로 한 SF에 관심을 기울여왔다. 『계단의 집』은 1974년 미국도서관협회에서 선정한 '최고의 청소년도서'로 꼽혔으며, 2000년에는 같은 기관에서 지난 40여 년간 나온 책 가운데 엄선한 '청소년을 위한 추천도서 100편'에도 이름을 올렸다. 이 작품은 청소년 독자를 위해 쓰였지만, 대부분의 좋은 작품들이 그렇듯이 성인 독자를 대상으로 한 문학에 결코 뒤지지 않는 작품성과 문제의식을 보여준다.

슬레이터는 깊은 산속에서 이 주일간 열린 브레드로프 작가회의(Bread Loaf Writers' Conference. 1926년부터 시작된 미국에서 가장 오래되고 권위 있는 작가 모임—옮긴이)에서 이 책에 대한 아이디어를 떠올렸다. 그는 다시 만날 기회가 거의 없는 사람들이 폐쇄된 공간에 함께 있게 되면 평소와 다른 행동을 한다는 사실이 흥미로웠다고 한다. 책의 제목은 소설 속 배경처럼 이리저리 복잡하게 얽혀 있는 계단을 그린 M. C. 에셔의 작품 「계단의 집」에서 따왔다. 소설에 등장하는 다섯 인물의 성격은 본인의 친구들에게서 빌렸다고 하는데, 그중 몇몇 친구는 말투와 버릇까지 그대로 옮겨 사이가 틀어지기도 했다고 한다.

『계단의 집』은 모든 동물은 긍정적인 결과를 만들어낸 행동을 반복하려는 경향이 있다는 B. F. 스키너(Burrhus Frederic Skinner)

의 행동주의 심리학을 바탕으로 하고 있다. 동물이 어떤 행동을 했을 때 적절한 보상을 주면 그 행동이 강화된다는 이론인데, 이는 인간도 마찬가지다. 스키너는『스키너의 월든 투』라는 책을 통해 인간의 긍정적인 행동을 강화해 이상적인 사회를 건설하려는 시도를 하기도 했다.

이 소설을 더 잘 이해하기 위해서는 미국의 사회심리학자 스탠리 밀그램(Stanley Milgram)의 '복종 실험'도 참고할 필요가 있다. 밀그램은 나찌가 어떻게 수백만 명의 사람들을 학살할 수 있었는지, 왜 나찌의 병사들은 불합리한 명령을 그대로 따랐는지 밝히기 위해 권위에 대한 복종 실험을 했다.

밀그램은 피실험자를 교사 역할과 학생 역할로 나누어 양쪽 방에 분리시켰다. 그러고는 교사 역할을 맡은 사람이 문제를 낸 후, 학생 역할을 맡은 사람의 답이 틀릴 때마다 직접 단추를 눌러 전기 충격을 주도록 했다. 전기 충격은 처음에는 15볼트로 시작했지만 인간이 죽을 수도 있는 450볼트까지 올라갔다. 교사군(群)은 당황했지만, 박사가 실험을 계속하라고 명령하자 절반 이상의 사람이 전기 충격을 가했다. 물론 학생군은 교사군 모르게 함께 실험을 준비한 사람들로 전기 충격을 받는 척만 했지만, 결과적으로 35%의 사람만이 권위에 복종하지 않고 부당한 명령을 거부했다는 사실에는 변함이 없다. 65%의 사람들은 권위에 순종하며 다른 사람이 죽을 수도 있는 실험을 계속했던 것이다.

밀그램은 붉은털원숭이를 대상으로도 비슷한 실험을 했다. 양쪽 방에 원숭이를 한 마리씩 넣고, 한쪽에 있는 원숭이가 단추를 누르면 그에게 맛있는 먹이를 주는 동시에 다른 방에 있는 원숭이에게 전기 충격을 가한 것이다. 그러자 원숭이는 먹이를 거부하고, 자신이 굶어죽게 될지도 모르는 보름이 넘는 기간 동안 단추를 누르지 않았다.

소설을 번역하는 내내 머리에서 떠나지 않았던 생각은 현재 우리 사회의 교육은 학생의 어떤 행동을 보상하여 강화시키고 있는가 하는 것이었다. 학교에서는 성적이 우수한 학생에게만 보상함으로써 또래와의 경쟁에서 이길 것을 끊임없이 추동한다. 이러한 교육 방식에 오랜 시간 길들여진 아이들이 약자를 돌볼 줄 아는 공동체 구성원으로 자라나기를 기대하기란 어렵다. 만일 우리 사회의 교육이 서로를 배려하는 새로운 가치에 보상을 하기 시작한다면, 지금과는 다른 사회를 만들 수 있지 않을까.

우리 사회에도 경쟁과 효율성만을 강요하는 현실 속에서 더불어 사는 세상을 만들기 위해 활동하는 이들이 곳곳에 있다. 이 사람들이야말로 밀그램의 실험에 참여한 35%의 사람과 붉은털원숭이, 그리고 『계단의 집』의 롤라와 피터 같은 존재일 것이다. 불합리한 제도와 명령을 거부하는 것이 바로 현실을 바꾸는 출발점이다. 슬레이터는 『계단의 집』을 통해 기존의 경쟁 논리를 단호히 거부할 것을 제안한다.

　이 책을 재미있게 읽은 독자들에게는 『꽃들에게 희망을』(트리나 폴러스 지음)과, 『나는 빠리의 택시 운전사』(홍세화 지음)에 나온 '개 똥 세 개' 일화도 찾아보길 권한다. 작품 속 설정의 바탕이 되는 심리학에 대해서는 『스키너의 심리상자 열기』(로렌 슬레이터 지음)와 『스키너의 월든 투』(B. F. 스키너 지음)를 읽으면 도움이 될 것이다.

2010년 12월

최세진

창비청소년문학 34

계단의 집

초판 1쇄 발행 • 2010년 12월 24일
초판 18쇄 발행 • 2026년 2월 19일

지은이 • 윌리엄 슬레이터
옮긴이 • 최세진
펴낸이 • 염종선
책임편집 • 이하나
펴낸곳 • (주)창비
등록 • 1986년 8월 5일 제85호
주소 • 10881 경기도 파주시 회동길 184
전화 • 031-955-3333
팩시밀리 • 영업 031-955-3399 편집 031-955-3400
홈페이지 • www.changbi.com
전자우편 • ya@changbi.com

한국어판 ⓒ (주)창비 2010
ISBN 978-89-364-5634-4 43840